MW00901731

DISCLAIMER

The author and publisher are providing this book and its contents on an "as is" basis and make no representations or warranties of any kind with respect to this book or its contents. The author and publisher disclaim all such representations and warranties, including but not limited to warranties of merchantability. In addition, the author and publisher do not represent or warrant that the information accessible via this book is accurate, complete, or current.

Except as specifically stated in this book, neither the author nor publisher, nor any authors, contributors, or other representatives will be liable for damages arising out of or in connection with the use of this book. This is a comprehensive limitation of liability that applies to all damages of any kind, including (without limitation) compensatory; direct, indirect, or consequential damages; loss of data, income, or profit; loss of or damage to property; and claims of third parties.

This Book Comes With Free Bonus Puzzles

Available Here:

BestActivityBooks.com/WSBONUS20

5 TIPS TO START!

1) HOW TO SOLVE

The Puzzles are in a Classic Format:

- Words are hidden without breaks (no spaces, dashes, ...)
- Orientation: Forward & Backward, Up & Down or
  in Diagonal (can be in both directions)
- Words can overlap or cross each other

2) ACTIVE LEARNING

To encourage learning actively, a space is provided next to each word to write down the translation. The **DICTIONARY** allows you to verify and expand your knowledge. You can look up and write down each translation, find the words in the Puzzle then add them to your vocabulary!

3) TAG YOUR WORDS

Have you tried using a tag system? For example, you could mark the words which have been difficult to find with a cross, the ones you loved with a star, new words with a triangle, rare words with a diamond and so on...

4) ORGANIZE YOUR LEARNING

We also offer a convenient **NOTEBOOK** at the end of this edition. Whether on vacation, travelling or at home, you can easily organize your new knowledge without needing a second notebook!

5) FINISHED?

Go to the bonus section: **MONSTER CHALLENGE** to find a free game offered at the end of this edition!

Want more fun and learning activities? It's **Fast and Simple!**
An entire Game Book Collection just **one click away!**

Find your next challenge at:

BestActivityBooks.com/MyNextWordSearch

Ready, Set... Go!

Did you know there are around 7,000 different languages in the world? Words are precious.

We love languages and have been working hard to make the highest quality books for you. Our ingredients?

A selection of indispensable learning themes, three big slices of fun, then we add a spoonful of difficult words and a pinch of rare ones. We serve them up with care and a maximum of delight so you can solve the best word games and have fun learning!

Your feedback is essential. You can be an active participant in the success of this book by leaving us a review. Tell us what you liked most in this edition!

Here is a short link which will take you to your order page.

BestBooksActivity.com/Review50

Thanks for your help and enjoy the Game!

Linguas Classics Team

1 - Antiques

```
S  L  Y  C  H  Y  S  H  Ú  S  G  Ö  G  N
K  V  E  R  Ð  O  B  P  P  U  C  P  T  R
A  E  Y  C  Y  N  S  Þ  Þ  L  Í  T  H  Þ
R  K  K  G  N  I  T  S  E  F  R  Á  J  F
T  T  W  K  A  C  K  C  B  G  E  J  X  N
G  A  D  N  Y  M  G  G  Ö  H  L  K  Þ  S
R  V  I  R  Ð  I  A  M  Z  K  L  O  Z  I
I  Ð  Æ  G  W  D  S  L  K  W  A  V  Q  E
P  L  I  S  T  N  Y  M  L  D  G  W  Y  R
I  G  L  Æ  S  I  L  E  G  U  R  Ö  Z  R
R  Á  R  A  T  U  G  I  S  G  T  K  L  U
N  I  F  H  F  Þ  G  D  U  T  K  N  Z  D
Ó  V  E  N  J  U  L  E  G  T  Í  Ð  D  N
S  K  R  E  Y  T  I  N  G  A  R  L  N  E
```

LIST	FJÁRFESTING
UPPBOÐ	SKARTGRIPIR
EKTA	GAMALL
ÖLD	VERÐ
MYNT	GÆÐI
ÁRATUGI	ENDURREISN
SKREYTINGAR	HÖGGMYND
GLÆSILEGUR	STÍL
HÚSGÖGN	ÓVENJULEGT
GALLERÍ	VIRÐI

2 - Food #1

```
T P O B A S Z I A J D Z S H
L E Q Y Y A N U P A C H P L
R Ð H N T L A S R R G B Í M
O W T V Q A T A Í Ð H A N J
N Æ P A Í T Ó J K A N S A Ó
N Þ R Ð A T R F Ó R E I T L
L A U K U R L J S B T L T K
I F K S J F U A A E U X G M
N U S B Y T G H U R K Q E E
A Þ I B V K F A W K L Ð W M
K P F B Y N U K B J U B R U
W E N E Z G W R F Þ P R G Q
G R Ú B U L G S Í T R Ó N U
I A T S A F A Z Z S Ú P A C
```

APRÍKÓSA	HNETU
BYGG	PERA
BASIL	SALAT
GULRÓT	SALT
KANIL	SÚPA
HVÍTLAUKUR	SPÍNAT
SAFA	JARÐARBER
SÍTRÓNU	SYKUR
MJÓLK	TÚNFISKUR
LAUKUR	NÆPA

3 - Measurements

```
X  E  T  S  E  N  T  I  M  E  T  R  M  B
G  Þ  O  I  S  S  E  M  M  A  R  G  B  E
F  D  M  D  D  K  F  L  G  R  Ð  I  Æ  A
A  V  M  N  Ý  W  F  E  R  T  Þ  G  T  V
U  V  U  I  B  P  F  N  B  E  Y  I  I  R
K  T  T  B  C  Ú  T  G  J  M  N  N  O  T
A  K  Í  L  Ó  N  E  D  U  Ó  G  I  R  R
S  M  I  I  M  S  Z  Z  N  L  D  D  V  Z
T  B  N  T  Þ  A  T  Ú  N  Í  M  D  R  N
A  R  G  U  X  I  E  Y  R  K  B  F  Ð  D
F  E  J  G  G  R  Á  Ð  A  M  Æ  L  I  R
Q  I  E  Q  T  T  W  H  J  F  Q  U  Þ  Y
I  D  X  E  F  Í  O  C  Æ  C  S  B  O  I
O  D  Z  J  B  L  S  A  Ð  Ð  H  R  L  B
```

BÆTI	LENGD
SENTIMETR	LÍTRI
AUKASTAF	MESSI
GRÁÐA	MÆLIR
DÝPT	MÍNÚTA
GRAMM	ÚNSA
HÆÐ	TONN
TOMMU	BINDI
KÍLÓ	ÞYNGD
KÍLÓMETRA	BREIDD

4 - Farm #2

```
Á  U  N  H  W  Þ  Q  H  L  T  Ð  G  J  Q
V  I  G  C  Z  L  W  Y  A  S  K  Þ  K  U
Ö  C  J  E  Þ  M  Z  W  M  B  Ó  N  D  I
X  K  H  I  R  Ð  I  R  B  P  B  N  N  W
T  K  L  D  Z  X  U  J  U  X  R  K  Ö  V
U  L  O  A  R  Ý  D  A  M  A  L  X  U  I
R  Ó  G  R  D  Á  S  H  V  E  I  T  I  D
U  J  R  R  N  S  T  H  L  Ö  Ð  U  Á  Ý
T  M  Æ  O  I  M  C  T  E  N  G  I  V  R
A  V  N  B  K  O  R  L  A  Y  P  X  E  Ð
M  Y  M  K  Y  T  A  H  Q  R  S  G  I  R
Z  Ð  E  S  C  G  I  L  X  W  V  L  T  R
A  L  T  X  F  Q  G  M  Ð  W  Þ  É  U  C
E  I  I  R  U  Ð  R  A  G  N  I  D  L  A
```

DÝR	LAMADÝR
BYGG	ENGI
HLÖÐU	MJÓLK
KORN	ALDINGARÐUR
ÖND	KIND
BÓNDI	HIRÐIR
MATUR	DRÁTTARVÉL
ÁVÖXTUR	GRÆNMETI
ÁVEITU	HVEITI
LAMB	

5 - Books

```
V T T V Í E Ð L I U Ð K A H
S S A M H E N G I L O X A Ö
B Ö T J Q V L E S A N D I R
V S G R U D N U F Ö H L D M
A K E U F R U M L E G D N U
W Á L M M E A A L Z E Y A L
J L U A P A S A G A Þ C G E
E D G S Þ R Ð Ó J L S M I G
P S Ö N B H A U S Í Ð A E A
I A S A A F L G R P J I Ð Z
C G X M A S A F N D T L I F
R A V A Ð Ð I R Ý T N I V Æ
M Ö P G B Ó K M E N N T A P
F W Ð S K R I F A Ð L R X R
```

ÆVINTÝRI	SÖGUMAÐUR
HÖFUNDUR	SKÁLDSAGA
SAFN	SÍÐA
SAMHENGI	LJÓÐ
TVÍEÐLI	LESANDI
EPIC	VIÐEIGANDI
SÖGULEGT	RÖÐ
GAMANSAMUR	SAGA
FRUMLEG	HÖRMULEGA
BÓKMENNTA	SKRIFAÐ

6 - Meditation

```
L  S  J  Ó  N  A  R  H  O  R  N  I  X  A
O  R  Z  D  A  Y  Ð  J  E  A  X  T  X  Ð
G  A  G  U  H  E  Ú  I  Z  X  O  N  Y  L
N  G  N  I  J  T  M  F  R  I  Ð  U  R  Æ
N  N  H  U  G  S  A  N  I  R  H  D  Z  R
A  I  V  E  S  U  S  O  T  L  H  N  I  A
R  N  S  E  Z  F  K  J  Æ  W  O  Ö  D  Ð
Ú  N  D  A  N  Q  F  Þ  L  J  Z  R  N  T
T  I  Þ  L  M  J  I  K  K  Y  Þ  M  A  S
T  F  K  P  E  T  A  L  K  F  V  S  K  I
Á  L  V  X  B  G  Ö  C  A  K  X  D  A  L
N  I  Þ  Ö  G  N  T  K  Þ  Z  K  X  V  N
Z  T  G  Ó  Ð  V  I  L  D  D  X  Q  C  Ó
S  K  Ý  R  L  E  I  K  I  L  P  R  K  T
```

SAMÞYKKI   ANDLEGT
VAKANDI   HUGA
ÖNDUN   SAMTÖK
LOGN   TÓNLIST
SKÝRLEIKI   NÁTTÚRAN
SAMÚÐ   FRIÐUR
TILFINNINGAR   SJÓNARHORNI
ÞAKKLÆTI   ÞÖGN
VENJA   HUGSANIR
GÓÐVILD   AÐ LÆRA

7 - Days and Months

```
M  Á  N  U  Ð  U  R  J  Z  R  D  M  B  Q
F  I  M  M  T  U  D  A  G  U  R  I  Þ  T
F  D  W  S  R  J  J  Y  H  Ð  L  Ð  R  W
D  E  U  W  W  Ú  P  J  Q  Á  S  V  I  M
A  A  B  U  Ð  L  B  A  H  Q  R  I  Ð  A
P  K  G  R  Z  Í  P  N  U  U  N  K  J  R
R  I  S  A  Ú  T  S  Ú  G  Á  Ó  U  U  S
Í  V  Q  Y  T  A  V  A  L  K  V  D  D  O
L  V  G  C  Z  A  R  R  G  F  E  A  A  I
Z  O  Q  U  V  D  L  U  Z  C  M  G  G  A
O  K  T  Ó  B  E  R  L  S  N  B  U  U  Z
F  Ö  S  T  U  D  A  G  U  R  E  R  R  S
S  E  P  T  E  M  B  E  R  A  R  S  J  C
L  A  U  G  A  R  D  A  G  U  R  S  Þ  F
```

APRÍL	NÓVEMBER
ÁGÚST	OKTÓBER
DAGATAL	LAUGARDAGUR
FEBRÚAR	SEPTEMBER
FÖSTUDAGUR	FIMMTUDAGUR
JANÚAR	ÞRIÐJUDAGUR
JÚLÍ	MIÐVIKUDAGUR
MARS	VIKA
MÁNUÐUR	ÁR

8 - Energy

```
H  I  T  A  Ð  I  E  R  Ó  N  G  N  N  V
K  D  N  I  E  S  Ó  J  L  A  Þ  D  T  É
E  N  D  U  R  N  Ý  J  A  N  L  E  G  L
D  Y  U  K  Z  G  K  O  L  E  F  N  I  Q
I  Í  Y  Z  U  A  Ð  D  V  I  N  D  U  R
M  S  S  T  J  M  B  E  N  S  Í  N  Ð  U
U  E  Þ  E  Y  F  Y  M  E  I  Y  C  B  K
M  O  N  W  L  A  F  K  P  N  E  B  Z  R
H  I  I  G  U  R  W  Ð  P  K  J  F  P  O
V  L  O  M  U  I  Ð  N  A  Ð  U  R  A  N
E  G  U  M  A  N  Í  B  R  Ú  T  Þ  W  R
R  A  D  R  A  F  H  L  A  Ð  A  Y  L  A
F  M  Ó  T  O  R  V  E  T  N  I  W  H  J
I  E  L  D  S  N  E  Y  T  I  C  A  O  K
```

RAFHLAÐA	HITA
KOLEFNI	VETNI
DÍSEL	IÐNAÐUR
RAFMAGNS	MÓTOR
RAFEIND	KJARNORKU
VÉL	LJÓSEIND
ÓREIÐA	MENGUN
UMHVERFI	ENDURNÝJANLEG
ELDSNEYTI	TÚRBÍNA
BENSÍN	VINDUR

9 - Chess

```
X  G  M  E  I  S  T  A  R  I  T  Í  M  I
H  V  Í  T  U  R  P  R  Ð  I  H  U  D  O
A  V  W  Y  Q  M  I  Æ  L  Þ  Q  X  N  T
A  Ð  M  Ó  T  M  Æ  L  A  N  D  I  M  D
R  I  G  Ð  D  K  K  Ð  U  R  T  S  D  D
U  N  F  E  T  S  O  A  G  Ó  W  N  R  R
Ð  P  L  L  R  E  W  N  D  F  X  J  E  O
A  P  L  K  A  Ð  U  U  U  I  O  A  G  T
M  E  G  E  V  L  A  F  Þ  N  K  L  L  T
K  K  Y  S  S  A  C  L  F  K  G  L  U  N
I  G  M  T  K  Ð  V  U  A  Ð  Z  U  R  I
E  J  Ó  M  S  Á  V  I  M  U  V  K  R  N
L  I  T  S  T  I  G  C  H  Þ  S  G  G  G
Á  S  K  O  R  A  N  I  R  U  K  I  E  L
```

SVART	LEIKMAÐUR
ÁSKORANIR	STIG
MEISTARI	DROTTNING
SNJALL	REGLUR
KEPPNI	FÓRN
SKÁ	STEFNU
LEIKUR	TÍMI
KONUNGUR	AÐ LÆRA
MÓTMÆLANDI	MÓT
AÐGERÐALAUS	HVÍTUR

10 - Archeology

```
R  C  T  B  X  E  O  R  Q  E  K  I  G  S
J  Á  T  N  V  D  T  A  I  U  Þ  A  X  É
D  F  Ð  I  L  F  P  N  G  R  Ö  F  F  R
G  S  S  G  E  Ð  Y  N  N  I  Ó  A  O  F
B  E  I  N  Á  G  Ð  S  I  M  Þ  F  R  R
H  L  U  T  I  T  I  Ó  N  I  E  K  N  Æ
G  E  A  O  K  A  A  K  I  N  K  O  Ö  Ð
Q  L  B  R  D  M  O  N  E  N  K  M  L  I
A  P  E  B  M  U  Þ  I  R  I  T  A  D  N
T  M  G  Y  T  M  I  R  G  O  Z  N  D  G
D  E  Ð  M  M  Í  Þ  I  B  K  F  D  T  U
F  T  J  D  X  T  O  O  W  T  U  I  Q  R
N  I  Ð  U  R  S  T  Ö  Ð  U  R  Z  K  I
S  I  Ð  M  E  N  N  I  N  G  K  X  Ð  L
```

GREINING   GLEYMT
FORN   BROT
FORNÖLD   RÁÐGÁTA
BEIN   HLUTI
SIÐMENNING   MINNI
AFKOMANDI   RANNSÓKNIR
TÍMUM   LIÐ
MAT   TEMPLE
SÉRFRÆÐINGUR   GRÖF
NIÐURSTÖÐUR   ÓÞEKKT

11 - Food #2

```
T C K G S H U A T O G E I F
Þ D M E V V W F M C E A N I
Y O Y F E E E B A N A N I S
V E G G P I Þ S S S X P N K
R Í J J P T R Ú G Ó J G Þ U
A K N P I I K Í V Í G A K R
R I I B R H R Í S G R J Ó N
T R D E E A N F F R P H W D
I S L S Ð R T Ó M A T I Ð E
H U A K J Ú K L I N G U R O
O B G Z L Á K L I G R E P S
K E G S E L L E R Í Z Z S T
E R E S Ú K K U L A Ð I A U
E P L I S K I N K A R X T R
```

EPLI

ARTIHOKE

BANANI

SPERGILKÁL

SELLERÍ

OSTUR

KIRSUBER

KJÚKLINGUR

SÚKKULAÐI

EGG

EGGALDIN

FISKUR

VÍNBER

SKINKA

KÍVÍ

SVEPPIR

HRÍSGRJÓN

TÓMAT

HVEITI

JÓGÚRT

12 - Chemistry

```
P  C  L  K  H  S  N  J  X  M  R  Y  H  V
G  H  M  O  L  L  Í  F  R  Æ  N  T  I  E
I  A  Í  L  O  E  P  D  R  V  J  R  T  T
C  C  S  E  T  L  A  S  Ð  X  A  Þ  A  N
S  J  N  F  U  S  A  M  E  I  N  D  S  I
B  Ý  E  N  K  F  Z  R  K  S  T  Þ  T  U
D  S  R  I  E  P  Þ  W  K  L  Ó  R  I  T
J  Ú  Ú  A  R  X  W  S  D  R  L  W  G  Z
Ó  R  S  T  F  K  J  A  R  N  O  R  K  U
N  E  I  I  I  D  N  A  T  Ó  J  L  F  Þ
Þ  F  P  H  N  H  V  A  T  I  J  W  A  Y
X  N  Y  F  U  R  A  F  E  I  N  D  R  N
B  I  Q  D  N  H  Z  D  W  C  U  I  Z  G
H  Ð  Ð  Q  V  Q  O  H  T  J  A  O  Y  D
```

SÝRA	VETNI
SÚR	JÓN
LOTUKERFINU	FLJÓTANDI
KOLEFNI	SAMEIND
HVATI	KJARNORKU
KLÓR	LÍFRÆNT
RAFEIND	SÚREFNI
ENSÍM	SALT
GAS	HITASTIG
HITA	ÞYNGD

13 - Family

```
F O R F A Ð I R I S B E F C
A G I A Z J F I N Y A I R D
R I Ð Ó R B A Ð G S R G Æ Z
A Þ A F E U P Ó A T N I N Y
O A F J M A B M R I A N K T
Q Ð J U Ó R A Í F R B M A E
B E S E Ð S Q F V I A A M F
W Ö R I U V K M B T R Ð T A
I B R D R N I H A T N U P W
H C B N Ð V E B R Ó Ð R G J
A K S Æ N R A B N D J Ð E C
R L Z R E I G I N K O N A Ð
B P V F F Þ A R Q Z X S I Y
F Y P W S Þ I D G C H M X B
```

FORFAÐIR
FRÆNKA
BRÓÐIR
BARN
BARNÆSKA
BÖRN
DÓTTIR
FAÐIR
BARNABARN
AFI

AMMA
EIGINMAÐUR
MÓÐUR
MÓÐIR
FRÆNDI
INGAR
SYSTIR
TVÍBURAR
EIGINKONA

14 - Farm #1

```
H K L A K B V C M A O E K C
E J A Y W K L Í Z S S X F Ð
S Ú N E V J R Ð S W X N T W
T K D H Æ X A O G U G X I G
U L B Ð R U T T Ö K N D B N
R I Ú W F Í C I W U K D Í I
U N N T A V S E N V R Ð U Ð
F G A Ð N H I G N E Á H K R
L U Ð F G P G L R Ý K L W I
Á R U H U N D U R J A V W G
K L R Á B U R Ð U R Ó E Ð Y
W L S H U N A N G L G N A K
C R I Y Q V R V Z O K G H I
Ð A U Ð V V C J L H L F I J
```

LANDBÚNAÐUR	GIRÐING
BÍ	ÁBURÐUR
VÍSUNDUR	ENGI
KÁLFUR	GEIT
KÖTTUR	HEY
KJÚKLINGUR	HUNANG
KÝR	HESTUR
KRÁKA	HRÍSGRJÓN
HUNDUR	FRÆ
ASNI	VATN

15 - Camping

Æ	V	I	N	T	Ý	R	I	K	G	R	Ð	F	K
F	V	V	Z	Z	J	D	S	Z	L	Z	G	Z	L
M	E	R	E	I	P	I	R	Þ	Q	G	Q	E	E
V	I	B	X	W	T	Y	W	F	Z	T	B	S	F
Ð	Ð	H	E	N	G	I	R	Ú	M	T	R	É	A
N	A	R	Ú	T	T	Á	N	Ý	P	C	R	A	S
Ð	C	M	Z	R	A	J	L	S	D	T	U	U	K
M	S	H	P	O	Á	T	T	A	V	I	T	A	O
Y	Y	K	G	K	L	L	A	J	F	T	T	U	R
B	J	Q	Ó	X	G	I	B	H	A	J	A	O	D
K	A	N	Ó	G	N	A	L	O	Þ	A	H	L	Ý
E	L	D	U	R	U	A	M	Ð	S	L	O	D	R
I	T	W	I	O	T	R	J	A	E	D	B	Y	T
S	T	Ö	Ð	U	V	A	T	N	N	G	W	M	U

ÆVINTÝRI
DÝR
KLEFA
KANÓ
ÁTTAVITA
ELDUR
SKÓGUR
GAMAN
HENGIRÚM
HATTUR

VEIÐA
SKORDÝR
STÖÐUVATN
KORT
TUNGL
FJALL
NÁTTÚRAN
REIPI
TJALD
TRÉ

16 - Algebra

```
S  K  Ý  R  I  N  G  A  R  M  Y  N  D  A
L  V  I  Ð  B  Ó  T  G  T  D  E  I  L  D
I  Í  R  V  W  E  C  I  N  Y  C  S  Ð  Þ
A  A  N  A  A  Ð  M  V  Ú  Q  E  Y  V  Á
L  B  S  U  B  N  Z  S  L  R  C  R  J  T
Ú  F  U  W  L  U  D  T  L  Ð  Y  S  B  T
M  P  A  Q  F  E  X  A  D  I  X  U  R  U
R  L  L  N  E  P  G  F  M  N  V  Q  A  R
O  F  Y  L  K  I  N  P  F  Á  J  D  N  Y
F  R  Á  D  R  Á  T  T  U  R  L  N  G  J
Ó  E  N  D  A  N  L  E  G  A  H  Ú  T  A
V  E  L  D  I  S  V  Í  S  I  R  M  P  F
C  E  I  M  A  D  L  A  F  N  I  E  N  N
E  K  U  A  Z  G  H  U  D  T  O  R  B  A
```

VIÐBÓT	LÍNULEG
SKÝRINGARMYND	FYLKI
DEILD	NÚMER
JAFNA	SVIGA
VELDISVÍSIR	VANDAMÁL
ÞÁTTUR	EINFALDA
RANGT	LAUSN
FORMÚLA	FRÁDRÁTTUR
BROT	BREYTA
ÓENDANLEGA	NÚLL

17 - Numbers

```
I  R  B  P  Á  S  A  U  T  J  Á  N  Y  V
S  N  Ð  V  T  F  W  O  S  Þ  R  Ð  O  C
V  D  Y  M  J  X  L  L  Y  E  I  N  N  M
U  R  J  Þ  Á  D  B  H  F  N  E  M  Á  Y
F  I  M  M  N  G  S  Z  J  R  V  H  T  S
Þ  Y  Ð  S  V  J  J  A  Ó  P  T  Þ  X  X
F  R  U  E  X  I  Ö  U  R  T  U  R  E  I
Y  P  Í  X  J  J  N  K  I  V  F  E  S  X
N  Á  T  R  Ó  J  F  A  R  I  I  T  Ð  J
F  I  M  M  T  Á  N  S  T  T  H  T  E  E
F  L  Ð  U  G  U  T  T  U  T  C  Á  Q  I
K  O  Ó  N  Í  U  Y  A  L  A  Á  N  C  G
Z  Ð  N  T  L  X  P  F  O  S  K  M  H  W
D  G  H  L  N  Í  T  J  Á  N  Z  O  I  Ð
```

AUKASTAF	SJÖ
ÁTTA	SAUTJÁN
ÁTJÁN	SEX
FIMMTÁN	SEXTÁN
FIMM	TÍU
FJÓRIR	ÞRETTÁN
FJÓRTÁN	ÞRÍR
NÍU	TÓLF
NÍTJÁN	TUTTUGU
EINN	TVEIR

18 - Spices

```
Ð  A  K  A  R  D  E  M  O  M  M  U  P  Q
S  N  K  A  R  R  Ý  R  I  K  A  N  I  L
T  Í  I  I  Y  U  K  P  G  C  W  O  S  T
Z  S  S  Í  R  K  K  A  L  E  N  N  E  F
S  Ð  G  O  S  K  Ð  P  A  B  H  Ð  Q  X
E  N  G  I  F  E  R  R  U  T  Æ  S  V  Y
F  E  X  A  X  M  Z  I  K  S  S  P  V  J
S  B  F  Þ  R  Y  U  K  U  R  A  I  R  N
Þ  A  Y  M  R  B  S  A  R  J  O  L  J  A
F  W  F  M  Ú  S  K  A  T  N  J  Y  T  I
S  T  I  F  H  V  Í  T  L  A  U  K  U  R
R  H  L  P  R  K  Ó  R  Í  A  N  D  E  R
K  Ú  M  E  N  A  V  A  N  I  L  L  U  A
N  E  G  U  L  L  N  S  E  B  I  T  U  R
```

ANÍS	HVÍTLAUKUR
BITUR	ENGIFER
KARDEMOMMU	LAKKRÍS
KANIL	MÚSKAT
NEGULL	LAUKUR
KÓRÍANDER	PAPRIKA
KÚMEN	SAFFRAN
KARRÝ	SALT
FENNEL	SÆTUR
BRAGÐ	VANILLU

19 - Universe

```
D S H I R U Ð Ö T S L Ó S L
Ý J J I S X O Z T M P E T E
R Ó A I M Ó J F U Á M L J N
I N R H Q N L A N S Y U Ö G
R A Ð N E N E K G T R G R D
J U A L O I Þ T L I K X N A
C K R Á T M Q N I R U Ð U R
I I Ð M O I M K S N R U F G
M I U N Þ H J B I I O B R R
S P O R B R A U T L T E Æ Á
O S T Ó G A L A X Y E G Ð Ð
C S C J K Q A H C K Q V I U
T U Q T G E L N Ý S X H I Ð
X G V S O C B R E I D D P Q
```

SMÁSTIRNI	LENGDARGRÁÐU
STJÖRNUFRÆÐI	TUNGL
STJÓRNMÁL	SPORBRAUT
HIMNETI	HIMINN
COSMIC	SÓL
MYRKUR	SÓLSTÖÐUR
EON	SJÓNAUKI
GALAXY	SÝNLEGT
JARÐAR	DÝRIR
BREIDD	

20 - Mammals

```
W Ú B B E A S G Í R A F F I
O L Í F I Q L B J Ö R N U D
J F V F O Z É Ð B T L Y W C
R U F E R U T S E H G P O M
P R H D V J T K A H E O C Ð
K M Q D F I U Ö V I G L Ð B
O A N A P I Ú T E L Y U N P
T R N A H I L T R U J B M G
I Ú W Í U W F U Y M U Ó C Ó
H G I Q N T U R J B L U N R
M N B X G A R H U N D U R I
C E H V A L U R Z E B R A L
A K H Ö F R U N G U R I D L
V Y K I N D K O Ð E V V Ð A
```

BJÖRN	GÓRILLA
BEAVER	HESTUR
NAUT	KENGÚRA
KÖTTUR	LJÓN
SLÉTTUÚLFUR	API
HUNDUR	KANÍNA
HÖFRUNGUR	KIND
FÍL	HVALUR
REFUR	ÚLFUR
GÍRAFFI	ZEBRA

21 - Fishing

```
P  C  S  Ý  M  K  D  A  Þ  E  U  Y  U  Ð
Ð  S  U  Z  K  L  K  T  O  G  Z  P  Þ  X
K  Z  R  C  T  J  T  A  L  Þ  T  V  V  C
R  G  K  L  K  Y  U  Q  I  T  Á  L  K  N
Ó  M  J  E  L  D  A  R  N  W  U  J  I  D
K  O  Á  V  Í  R  E  K  M  J  T  S  L  P
U  Á  L  H  X  P  V  N  Æ  F  M  T  V  Y
R  R  K  K  A  N  A  X  Ð  H  J  Ö  J  U
A  S  A  K  N  F  A  T  I  E  B  Ð  R  D
G  T  R  A  H  T  L  A  N  V  Á  U  I  S
G  Í  A  R  U  Ð  A  N  Ú  B  T  V  O  G
U  Ð  J  F  A  L  I  V  W  K  U  A  J  L
T  A  F  A  X  M  C  O  Þ  Y  R  T  A  Ð
R  I  V  E  R  B  D  G  N  Y  Þ  N  A  M
```

BEITA	KJÁLKA
KARFA	STÖÐUVATN
FJARA	HAF
BÁTUR	ÞOLINMÆÐI
ELDA	RIVER
BÚNAÐUR	VOG
ÝKJUR	ÁRSTÍÐ
UGGAR	VATN
TÁLKN	ÞYNGD
KRÓKUR	VÍR

22 - Bees

```
M  B  Ð  D  G  B  Á  D  Þ  Y  K  G  E  W
A  L  E  R  A  Ý  H  V  Þ  T  V  B  Z  J
T  Ó  F  O  G  F  C  U  Ö  K  I  S  Ó  L
U  M  J  T  N  L  V  X  N  X  K  F  F  G
R  S  Ö  T  L  U  V  O  R  A  T  S  I  A
Q  T  L  N  E  G  O  Ð  O  V  N  U  F  R
D  R  B  I  G  N  H  I  K  Z  P  G  R  Ð
C  A  R  N  E  A  X  S  Ó  E  L  U  E  U
J  F  E  G  C  B  Z  K  J  B  Ö  W  K  R
E  Ð  Y  M  U  Ú  K  O  R  L  N  A  T  Z
W  V  T  N  U  V  Æ  R  F  Ó  T  M  S  S
J  Þ  N  X  D  H  B  D  L  M  U  W  I  E
R  W  I  C  M  C  C  Ý  W  U  R  U  V  F
B  Ú  S  V  Æ  Ð  I  R  R  E  Y  K  U  R
```

GAGNLEG	HUNANG
BLÓMSTRA	SKORDÝR
FJÖLBREYTNI	PLÖNTUR
VISTKERFI	FRJÓKORN
BLÓM	FRÆVUN
MATUR	DROTTNING
ÁVÖXTUR	REYKUR
GARÐUR	SÓL
BÚSVÆÐI	KVIK
BÝFLUGNABÚ	VAX

23 - Photography

```
F  J  X  S  J  Ó  N  A  R  H  O  R  N  I
S  K  I  L  G  R  E  I  N  I  N  G  R  N
N  W  R  M  S  V  A  R  T  F  A  M  A  Ý
L  L  É  V  A  D  N  Y  M  E  N  Ý  M  S
S  Ý  N  I  N  G  G  G  Y  M  D  K  M  T
S  J  Ó  N  R  Æ  N  N  R  V  S  J  I  Ú
Y  W  H  M  G  Ð  N  I  K  L  T  A  Ð  R
W  L  N  Ð  N  O  Ð  N  U  I  Æ  X  Ð  J
Z  L  Ý  S  I  N  G  T  R  T  Ð  Þ  F  F
C  A  T  X  I  N  F  E  Z  U  A  C  E  Z
R  A  G  G  U  K  S  S  E  R  Þ  T  M  W
Y  B  S  T  P  W  W  M  Á  F  E  R  Ð  Y
Ð  A  V  O  Ð  K  O  A  L  Æ  M  T  Ó  M
J  K  G  D  N  Y  M  S  T  I  L  D  N  A
```

SVART	LÝSING
MYNDAVÉL	MÓTMÆLA
LITUR	SJÓNARHORNI
SAMSETNING	ANDLITSMYND
ANDSTÆÐA	SKUGGAR
MYRKUR	MÝKJA
SKILGREINING	EFNI
SÝNING	ÁFERÐ
SNIÐ	ÚTSÝNI
RAMMI	SJÓNRÆN

24 - Adventure

```
N  Á  T  T  Ú  R  A  N  D  T  O  U  Þ  X
F  E  G  U  R  Ð  K  Y  Þ  W  K  N  K  Ð
T  Æ  K  I  F  Æ  R  I  P  K  L  D  N  R
H  Æ  T  T  U  L  E  G  T  M  Þ  I  G  E
S  K  H  N  U  L  T  Æ  Á  A  Ð  R  E  F
Á  I  N  K  R  I  V  Y  L  B  Ö  B  H  R
G  S  G  E  Y  Ð  A  M  Í  A  R  Ú  U  A
L  N  K  L  H  J  G  G  K  V  Y  N  G  N
E  Ý  Q  O  I  M  V  T  U  Ð  G  I  R  U
Ð  T  R  Ð  R  N  H  A  R  Ó  G  N  E  Ð
I  T  B  K  I  A  G  X  N  M  I  G  K  O
P  J  Ð  K  N  P  N  A  I  D  W  U  K  K
C  Q  O  K  I  L  N  I  R  L  I  R  I  S
F  X  T  S  V  L  Þ  A  R  E  A  Þ  Y  Y
```

VIRKNI	VINIR
FEGURÐ	FERÐAÁÆTLUN
HUGREKKI	GLEÐI
ÁSKORANIR	NÁTTÚRAN
LÍKUR	SIGLINGAR
HÆTTULEGT	NÝTT
VANDI	TÆKIFÆRI
ELDMÓÐ	UNDIRBÚNINGUR
SKOÐUNARFERÐ	ÖRYGGI

25 - Sport

Í	M	A	T	A	R	Æ	Ð	I	G	X	J	S	M
Þ	A	Ð	S	Y	N	D	A	X	E	C	V	L	J
R	I	T	T	Ó	R	Þ	Í	O	T	S	Ö	V	B
Ó	T	F	S	Y	I	Q	O	Q	U	K	Ð	A	E
T	P	O	E	T	C	R	B	E	Þ	O	V	N	I
T	I	R	A	Þ	Y	B	A	K	J	K	A	Æ	N
A	K	R	D	I	Q	R	L	F	T	K	F	R	I
M	S	I	T	A	Z	S	K	M	L	H	G	I	Z
A	A	T	J	S	N	W	L	U	V	Á	F	N	H
Ð	N	Ð	M	L	Þ	S	M	Þ	R	M	J	G	J
U	F	B	V	I	H	F	A	B	H	A	M	Þ	A
R	E	Ð	R	E	H	J	Ó	L	A	R	S	M	R
N	O	W	V	H	Þ	R	E	K	V	K	K	W	T
H	Q	L	Í	K	A	M	I	A	G	A	Þ	M	A

GETU

HEILSA

ÍÞRÓTTAMAÐUR

SKOKK

LÍKAMI

HÁMARKA

BEIN

EFNASKIPTI

HJARTA

VÖÐVA

ÞJÁLFARI

NÆRING

HJÓLA

FORRIT

DANSA

ÍÞRÓTTIR

MATARÆÐI

STYRKUR

ÞREK

AÐ SYNDA

26 - Circus

```
L  L  Þ  I  H  F  A  D  J  B  B  S  S  T
Á  J  P  P  V  O  C  L  Ú  Y  X  K  K  S
T  H  Ó  L  M  F  R  D  G  S  V  R  E  G
I  Ö  O  N  B  H  O  Ý  L  Q  D  Ú  M  D
T  X  F  R  G  R  B  R  E  G  I  Ð  M  L
R  G  O  R  F  U  A  Ð  R  A  F  G  T  A
Ú  O  M  E  A  A  T  Þ  Y  W  A  A  A  J
Ð  K  X  G  N  M  N  T  S  I  L  N  Ó  T
U  A  X  I  Ý  T  A  D  M  E  R  G  S  K
R  L  T  T  S  Z  U  Ð  I  P  A  A  J  G
B  Ú  N  I  N  G  U  R  U  B  R  A  G  Ð
B  L  Ö  Ð  R  U  R  A  W  R  U  U  N  Z
J  Þ  Z  Y  T  N  A  M  M  I  C  G  A  Þ
D  F  Í  L  G  A  L  D  U  R  U  B  F  Y
```

ACROBAT	GALDUR
DÝR	TÖFRAMAÐUR
BLÖÐRUR	API
NAMMI	TÓNLIST
TRÚÐUR	SKRÚÐGANGA
BÚNINGUR	SÝNA
FÍL	ÁHORFANDI
SKEMMTA	TJALD
JÚGLER	TIGER
LJÓN	BRAGÐ

27 - Restaurant #2

```
K  Á  J  S  O  Y  Z  B  H  J  V  N  Y  L
R  N  V  N  A  W  P  Í  Þ  R  P  C  X  J
Y  R  G  Ö  S  L  C  S  J  M  B  U  Q  Ú
D  E  J  U  X  K  A  L  Ó  T  S  R  I  F
D  G  Z  X  A  T  E  T  N  S  A  L  T  F
H  G  X  B  K  A  U  I  N  R  P  Þ  E  E
G  A  F  F  A  L  W  R  Ð  Ð  A  G  M  N
J  T  R  U  K  S  I  F  I  U  W  G  N  G
D  R  Y  K  K  U  R  U  L  Ð  Ú  N  Æ  U
H  Á  D  E  G  I  S  V  E  R  Ð  U  R  R
L  V  K  V  Ö  L  D  M  A  T  U  R  G  O
K  T  G  R  L  C  I  Z  I  V  A  T  N  G
B  N  I  E  T  E  H  F  Y  M  W  Q  G  B
V  U  T  P  V  W  F  R  I  N  S  Ú  P  A
```

DRYKKUR
KAKA
STÓL
LJÚFFENGUR
KVÖLDMATUR
EGG
FISKUR
GAFFAL
ÁVÖXTUR
ÍS

HÁDEGISVERÐUR
NÚÐLUR
SALAT
SALT
SÚPA
KRYDD
SKEIÐ
GRÆNMETI
ÞJÓNN
VATN

28 - Geology

```
Q  K  Þ  K  Á  S  R  J  B  S  N  A  H  J
T  K  F  V  L  T  I  S  W  K  U  T  R  H
S  G  C  A  F  E  L  U  Q  G  A  L  I  D
I  J  G  R  U  I  L  A  D  O  R  L  N  L
A  Ð  Þ  S  N  N  E  D  S  S  H  A  G  I
R  O  F  Þ  N  E  H  X  E  H  T  R  R  K
G  C  Ð  K  I  F  H  K  U  V  L  Ó  Á  A
S  S  Ý  R  A  N  T  Á  V  E  C  K  S  L
R  E  A  X  G  I  A  J  L  R  Z  P  F  S
C  P  E  W  V  W  N  N  I  E  T  S  D  Í
K  R  I  S  T  A  L  L  A  R  N  F  U  U
S  T  A  L  A  G  M  I  T  E  S  D  Þ  M
J  A  R  Ð  S  K  J  Á  L  F  T  I  I  R
B  Z  C  S  T  A  L  A  C  T  I  T  E  Y
```

SÝRA
KALSÍUM
HELLI
ÁLFUNNI
KÓRALL
KRISTALLAR
HRINGRÁS
JARÐSKJÁLFTI
ROF
GOSHVER

HRAUN
LAG
STEINEFNI
HÁLENDI
KVARS
SALT
STALACTITE
STALAGMITES
STEINN

29 - House

```
A Z K U V E G G G B G U E
D I R G C R A C I L Í L I J
M P Ð A L B F Þ R U L U N N
Þ M L R R Ó F V Ð G S G G S
U A S Ð D K L W I G K G Y P
K L K U R A Y N N A Ú I I E
V Ú V R E S K N G T R X J G
Y K S P O A L I G J H Æ Ð I
V L O T C F A R K Ö D T R L
S U U F U N B A L L G B U L
I G R E B R E H Q D D S H U
I Þ Z U E L D H Ú S W S Ú T
H Á A L O F T I N U X I J H
I D Ð I U D M S T U R T U S
```

HÁALOFTINU	LYKLA
KÚSTUR	ELDHÚS
GLUGGATJÖLD	LAMPI
HURÐ	BÓKASAFN
GIRÐING	SPEGILL
ARINN	ÞAK
HÆÐ	HERBERGI
HÚSGÖGN	STURTU
BÍLSKÚR	VEGG
GARÐUR	GLUGGI

30 - Physics

```
E  D  U  Ð  C  I  N  Ð  Í  T  C  Q  H  S
Z  F  X  Ð  O  S  Þ  Y  D  S  X  N  R  E
L  L  E  V  A  S  C  U  N  A  Þ  K  A  G
Þ  É  T  T  L  E  I  K  I  G  T  F  Ð  U
U  N  V  O  Ú  M  Ð  R  E  A  A  Ó  A  L
V  F  T  B  M  I  A  O  F  S  F  A  M  M
Q  É  K  I  R  Q  R  N  A  R  S  Ð  R  A
K  Z  L  N  O  M  H  R  R  A  T  C  C  G
S  J  K  F  F  X  S  A  L  B  Æ  M  J  N
U  T  U  E  R  A  W  J  F  P  Ð  R  J  U
O  C  O  Z  Q  Æ  U  K  F  M  I  G  R  Ð
H  M  F  Y  C  Ð  Ð  N  M  I  Z  N  G  Ö
R  O  Ð  A  T  D  N  I  E  M  A  S  F  R
V  A  L  H  L  I  Ð  A  F  I  Ð  Q  A  H
```

HRÖÐUN	SEGULMAGN
ATÓM	MESSI
ROÐA	VÉLFRÆÐI
EFNI	SAMEIND
ÞÉTTLEIKI	KJARNORKU
RAFEIND	ÖGN
VÉL	AFSTÆÐI
FORMÚLA	HRAÐI
TÍÐNI	ALHLIÐA
GAS	HRAÐA

31 - Coffee

```
R  U  M  L  I  C  N  C  Ð  A  S  A  W  B
J  O  S  Z  A  P  A  R  V  G  V  V  H  Q
Ó  D  R  Y  K  K  U  R  A  B  A  L  A  M
M  O  W  R  Þ  S  C  C  T  F  R  R  I  E
A  N  U  R  P  P  U  O  N  Z  T  P  B  K
M  J  Ó  L  K  S  F  H  C  H  F  U  F  N
E  H  Q  J  G  P  Y  N  Y  C  Z  O  L  V
T  F  I  Z  P  K  F  K  Z  D  F  C  J  D
N  Z  S  B  A  N  I  Q  U  S  Ú  R  Ó  J
N  Í  F  F  O  K  Y  B  Ð  R  Y  D  T  B
E  G  T  L  W  L  N  P  I  T  M  V  A  I
R  Z  V  R  P  P  L  Þ  V  E  R  Ð  N  T
B  B  F  T  L  D  Z  I  Q  S  Í  A  D  U
M  O  R  G  U  N  N  Þ  Ð  G  K  P  I  R
```

SÚR	MALA
ILMUR	FLJÓTANDI
DRYKKUR	MJÓLK
BITUR	MORGUNN
SVART	UPPRUNA
KOFFÍN	VERÐ
RJÓMA	BRENNT
BOLLI	SYKUR
SÍA	VATN
BRAGÐ	

32 - Shapes

```
P  Ý  R  A  M  Í  D  A  R  Y  F  N  D  H
S  Z  U  L  S  H  H  K  É  X  A  Ð  F  Y
P  R  G  I  I  G  G  K  T  N  F  M  U  P
O  Ð  N  E  R  G  F  O  T  C  M  L  Q  E
R  K  I  K  P  N  Q  R  H  T  T  L  A  R
B  G  N  L  R  I  G  T  Y  T  D  I  U  B
A  C  R  A  H  N  U  S  R  I  Þ  R  Z  O
U  G  E  D  B  R  U  G  N  I  N  E  T  L
G  H  F  V  R  Y  B  N  I  O  R  F  R  A
O  C  O  H  Ú  H  O  I  N  F  V  C  Þ  J
F  G  Ð  Ð  N  G  O  R  G  H  R  X  B  B
I  J  S  Q  I  R  L  H  U  H  O  P  X  T
K  Ú  L  A  R  A  J  C  R  Y  K  R  V  X
H  A  L  N  Ð  M  Q  L  Í  N  A  T  N  G
```

ARC	HYPERBOLA
HRING	LÍNA
KEILA	MARGHYRNING
HORN	PRISM
TENINGUR	PÝRAMÍDA
FERILL	RÉTTHYRNINGUR
STROKKA	HLIÐ
BRÚNIR	KÚLA
SPORBAUG	FERNINGUR

33 - Scientific Disciplines

```
X W B H O Z X I F Þ Z V V M
V W E N R I S Ð T S P É I Á
T J N R H E N Æ W S Y L S L
Þ E P F W Q Y R L B T F T V
I K E I Ð Æ R F L Á S R F Í
M D Þ F O V R A I Z H Æ R S
L X F N A E T S Þ F G Ð Æ I
I Ð Æ R F Ð R A J U R I Ð N
Ó N Æ M I S F R Æ Ð I Æ I D
C I Ð Æ R F S G A L É F Ð I
L Í F F Æ R A F R Æ Ð I S I
V E Ð U R F R Æ Ð I J W M A
L Í F E F N A F R Æ Ð I E V
L Í F E Ð L I S F R Æ Ð I D
```

LÍFFÆRAFRÆÐI	MÁLVÍSINDI
LÍFEFNAFRÆÐI	VÉLFRÆÐI
GRASAFRÆÐI	VEÐURFRÆÐI
VISTFRÆÐI	LÍFEÐLISFRÆÐI
JARÐFRÆÐI	SÁLFRÆÐI
ÓNÆMISFRÆÐI	FÉLAGSFRÆÐI
HREYFIFRÆÐI	

34 - Beauty

```
L  F  N  A  D  S  K  R  U  L  L  A  G  S
I  V  U  G  X  P  P  S  C  H  F  Þ  L  N
T  V  Ö  E  A  Ð  Y  E  U  Y  W  Ð  Æ  Y
U  F  O  R  U  Í  L  O  G  N  T  H  S  R
R  Þ  Þ  L  U  Ð  Q  A  K  I  J  Ú  I  T
Z  K  X  E  H  R  S  Þ  B  D  L  Ð  L  I
Þ  H  H  E  I  L  L  A  Q  N  F  L  E  V
J  J  W  Ð  W  P  R  I  M  Y  A  Y  I  Ö
Ð  H  Ó  Á  J  Þ  H  L  A  M  R  Q  K  R
M  S  P  N  L  Ð  Q  M  S  S  Ð  X  I  U
A  H  M  G  U  G  Ð  U  K  Ó  I  H  R  R
B  Q  A  S  Z  S  C  R  A  J  R  Q  Æ  X
L  E  J  D  X  J  T  I  R  L  U  W  K  Z
L  R  S  H  X  R  Þ  A  A  M  O  N  S  Y
```

HEILLA
LITUR
SNYRTIVÖRUR
KRULLA
GLÆSILEIKI
ILMUR
NÁÐ
FARÐI
MASKARA

SPEGILL
OLÍUR
LJÓSMYNDIN
VÖRUR
SKÆRI
ÞJÓNUSTA
SJAMPÓ
HÚÐ

35 - Clothes

```
S  L  I  P  V  W  F  C  S  B  S  Ð  J  K
T  K  Y  R  B  X  G  M  U  L  K  U  S  Á
D  R  A  H  A  T  T  U  R  Ú  Y  K  I  P
P  Ó  E  R  T  Í  S  K  A  S  R  R  C  U
C  K  L  F  T  J  F  X  Ð  S  T  U  Y  T
P  S  H  X  I  G  A  R  U  A  A  X  L  N
H  B  Y  K  C  L  R  K  B  U  X  U  R  U
N  Á  T  T  F  Ö  T  I  K  O  C  B  E  V
A  S  Y  E  P  T  L  F  P  I  A  A  J  S
K  J  Ó  L  L  K  L  G  Þ  I  O  L  K  R
S  V  K  O  K  D  V  I  T  P  R  L  L  N
N  J  S  P  J  V  W  C  I  E  G  A  A  N
A  E  A  R  M  B  A  N  D  P  M  G  X  M
H  Y  N  I  B  E  L  T  I  K  P  V  W  G
```

SVUNTU	GALLABUXUR
BELTI	SKARTGRIPIR
BLÚSSA	NÁTTFÖT
ARMBAND	BUXUR
KÁPU	SKÓ
KJÓLL	TREFIL
TÍSKA	SKYRTA
HANSKA	SKÓR
HATTUR	PILS
JAKKI	PEYSA

36 - Insects

```
B F U P H U Ð J P D F O U Ð
R J U S S J H Q L R I R V E
X I A Ú B Í A V I A Ð M K J
P A Ó L F R S H R G R U A A
Q A G U L F P D V O I R K E
O Y V T N A M D A N L Q K G
R U G N U T I E G F D L A R
M X W Ö P U E C L L I N L A
X A Z L O B C N O Y B M A S
U D N P M A U R R M Z Ö K K
R A E T I M R E T O G L K Ú
O C O H I Þ G U A P H U I L
H I B F C S F R Í P U R W A
G C E N G I S P R E T T U R
```

MAUR	HORNET
PLÖNTULÚS	FRÍPUR
BÍ	LIRVA
BJALLA	ENGISPRETTUR
FIÐRILDI	MANTIS
CICADA	FLUGA
KAKKALAKKI	MÖL
DRAGONFLY	TERMITE
FLÓ	GEITUNGUR
GRASKÚLA	ORMUR

37 - Astronomy

```
A N R A J T S I K I E R P T
G E I S L U N B U A L Y Ð M
J Ö R Ð F R J A N X D R C S
E M U L N I E T S T F O L J
I Q Y B Þ R G H O G L T G Ó
N L U R W Ý A I M E A A N N
R G M I K D L M S I U V U A
I J A U N V Þ I O M G R T U
T N K L V O I N C F Þ E T K
S J K Ó A I X N Ð A W S Z I
Á B O S Þ X Ð Q N R N B Z Ð
M H Þ P R D Y W A I H O Q Z
S T J Ö R N U M E R K I P A
J A G E R V I T U N G L F L
```

SMÁSTIRNI

GEIMFARI

STJÖRNUMERKI

COSMOS

JÖRÐ

MYRKVI

EQUINOX

GALAXY

LOFTSTEIN

TUNGL

ÞOKKA

OBSERVATORY

REIKISTJARNA

GEISLUN

ELDFLAUG

GERVITUNGL

HIMINN

SÓL

SJÓNAUKI

DÝRIR

38 - Health and Wellness #2

```
B  D  G  N  T  S  Y  L  R  A  T  A  M  O
W  Þ  Q  S  T  S  T  I  W  L  T  H  R  R
V  Í  T  A  M  Í  N  R  P  Q  Y  W  T  K
M  A  T  A  R  Æ  Ð  I  E  N  T  O  O  A
S  J  Ú  K  R  A  H  Ú  S  I  O  R  F  H
E  R  F  Ð  A  F  R  Æ  Ð  I  T  N  N  Ð
U  I  T  Æ  L  N  I  E  R  H  Þ  U  Æ  N
P  M  K  W  X  C  U  Þ  A  F  S  T  M  Æ
H  Q  J  Q  D  Ð  V  N  Y  P  A  I  I  R
S  J  Ú  K  D  Ó  M  U  R  N  G  M  N  I
Q  Y  D  H  U  L  U  A  R  O  G  S  R  N
Y  Ð  B  E  N  B  X  T  E  F  Þ  D  X  G
D  B  I  Ð  Æ  R  F  A  R  Æ  F  F  Í  L
K  A  L  O  R  Í  A  B  P  X  Y  E  O  L
```

OFNÆMI   SJÚKRAHÚS
LÍFFÆRAFRÆÐI   HREINLÆTI
MATARLYST   SMITUN
BLÓÐ   NUDD
KALORÍA   NÆRING
OFÞORNUN   BATA
MATARÆÐI   STREITU
SJÚKDÓMUR   VÍTAMÍN
ORKA   ÞYNGD
ERFÐAFRÆÐI

39 - Time

```
M  Á  N  U  Ð  U  R  U  Ð  Á  Y  Á  D  K
C  K  B  G  T  K  Á  N  Z  B  H  R  Z  L
S  N  E  M  M  A  L  N  D  A  N  A  C  U
V  Á  R  L  E  G  A  U  Ð  J  Ú  T  S  K
T  I  G  E  D  Á  H  G  K  K  N  U  R  K
R  E  K  M  J  R  W  R  K  K  A  G  C  U
S  D  U  A  K  M  X  O  I  F  A  U  F  S
Ö  L  D  Í  F  R  A  M  T  Í  Ð  R  B  T
A  B  J  D  U  U  C  N  T  B  X  Þ  R  U
W  T  K  A  Ð  G  Þ  G  Ó  U  W  N  Á  N
Ð  R  U  G  I  A  T  Ú  N  Í  M  X  Ð  D
D  E  L  A  O  D  C  R  D  O  Y  G  U  T
D  C  D  J  T  U  H  E  Z  W  Þ  T  M  Þ
D  A  G  A  T  A  L  I  L  D  P  O  Y  I
```

ÁRLEGA	MÍNÚTA
ÁÐUR	MÁNUÐUR
DAGATAL	MORGUNN
ÖLD	NÓTT
KLUKKA	HÁDEGI
DAGUR	NÚNA
ÁRATUGUR	BRÁÐUM
SNEMMA	Í DAG
FRAMTÍÐ	VIKA
KLUKKUSTUND	ÁR

40 - Buildings

```
E E R S W S K H Á S K Ó L I
U L D Þ N Ú Þ A F E L K S Q
W V D M N H A Z S B S Z Þ W
S K Ó L I K L L E T Ó H U M
H Þ Ð I L I F Ö S B A P J K
R S H I L E K Þ Ð Þ P L Ð S
Þ C C J Ö L V S E U S Q I J
P G A L V U U M Þ B Æ R M Ú
T J A L D Í B Ú Ð R T Ú S K
S Ú H A D N Y M K I V K K R
E D T O J W B O C G I S R A
Ð Ú B U R Ö V T A M A L E H
N Ð Ð Á R I D N E S V Í V Ú
O J C I K N F A S M Ð B Q S
```

ÍBÚÐ	HÓTEL
HLÖÐU	SAFN
KLEFA	SKÓLI
KASTALI	VÖLLINN
KVIKMYNDAHÚS	MATVÖRUBÚÐ
SENDIRÁÐ	TJALD
VERKSMIÐJU	LEIKHÚS
BÆR	TURN
BÍLSKÚR	HÁSKÓLI
SJÚKRAHÚS	

41 - Philanthropy

```
F  R  Ö  Þ  U  L  U  G  A  S  O  T  H  F
H  E  I  Ð  A  R  L  E  I  K  I  E  Ó  J
V  B  Y  I  I  I  E  Þ  S  K  T  N  P  Á
E  N  Ð  M  J  N  R  Ö  B  A  Æ  G  A  R
R  I  D  K  N  A  Y  N  B  Ð  L  I  G  M
K  P  F  R  Ð  R  X  K  F  É  R  L  A  Á
E  O  O  A  F  O  U  P  N  H  Ö  I  S  L
F  A  R  M  Ó  K  G  Z  K  N  Þ  Ð  Z  J
N  A  R  B  L  S  Ð  Z  M  Q  A  I  S  Þ
I  Æ  I  M  K  Á  G  A  L  É  F  M  A  S
L  S  T  G  E  L  Ð  Ó  J  Þ  L  A  F  W
Z  K  J  O  A  X  J  P  I  A  D  H  E  C
B  U  Q  Q  K  V  W  O  S  U  Þ  J  G  O
S  W  E  I  J  P  V  Q  B  Q  U  S  U  V
```

ÁSKORANIR	HÓPA
BÖRN	SAGA
SAMFÉLAG	HEIÐARLEIKI
TENGILIÐI	MANNKYNIÐ
GEFA	VERKEFNI
FJÁRMÁL	ÞÖRF
FÉ	FÓLK
ÖRLÆTI	FORRIT
ALÞJÓÐLEGT	OPINBER
MARKMIÐ	ÆSKU

42 - Gardening

```
I  X  C  L  W  U  N  D  U  M  S  C  C  Ð
Þ  O  F  L  A  C  I  N  A  T  O  B  E  V
B  B  U  U  G  L  P  Ö  F  Z  F  L  L  D
Q  K  S  V  Z  A  O  V  S  D  Þ  Y  T  O
V  M  Z  V  J  C  T  H  I  N  J  I  Þ  A
J  R  O  H  C  Q  Z  T  D  U  R  D  S  Í
M  X  T  Z  L  S  L  Ö  N  G  U  N  A  L
B  L  Ó  M  S  T  R  A  A  E  G  I  M  Á
P  L  H  C  A  H  A  W  M  T  E  N  Ó  T
R  A  F  R  U  Ð  E  V  A  B  V  I  L  J
U  A  B  L  H  F  U  A  R  V  Ð  E  B  U
T  S  K  Y  A  H  O  T  F  A  R  R  X  E
Æ  R  F  I  I  U  K  R  E  T  A  H  Ð  J
T  W  O  M  D  A  F  P  S  N  J  Ó  E  K
```

BLÓMSTRA	SM
BOTANICAL	SLÖNGUNA
VÖND	LAUF
VEÐURFAR	RAKI
MOLTA	OPIN
ÍLÁT	FRÆ
ÓHREININDI	JARÐVEGUR
ÆTUR	TEGUND
FRAMANDI	VATN
BLÓMA	

43 - Herbalism

```
L  M  A  R  J  O  R  A  M  H  B  Þ  Ð  H
E  F  N  I  D  N  A  M  L  I  A  H  N  V
N  A  J  L  E  S  N  I  E  T  S  Z  U  Í
N  Þ  P  X  N  G  Z  A  Y  L  I  M  I  T
E  I  Y  Q  Q  E  Þ  I  M  X  L  W  G  L
F  V  H  M  Ó  L  B  R  A  N  F  O  L  A
G  B  L  Ó  M  N  Í  R  A  M  S  Ó  R  U
B  A  P  S  O  G  H  K  A  L  Q  Þ  Y  K
P  W  R  M  Þ  A  K  E  F  G  U  U  C  U
L  G  J  Ð  L  G  O  R  Y  N  Ð  U  R  R
A  P  R  F  U  L  S  Ð  I  E  R  T  A  M
N  Q  G  Æ  J  R  H  Y  E  Q  N  N  P  T
T  Q  D  O  N  A  G  E  R  O  Z  Y  S  E
A  D  F  G  N  T  Y  Þ  Þ  T  E  M  F  B
```

ILMANDI	GRÆNT
BASIL	EFNI
GAGNLEG	LOFNARBLÓM
MATREIÐSLU	MARJORAM
FENNEL	MYNTU
BRAGÐ	OREGANO
BLÓM	STEINSELJA
GARÐUR	PLANTA
HVÍTLAUKUR	RÓSMARÍN

44 - Vehicles

```
Y  D  M  H  A  H  M  R  U  T  Á  B  N  W
M  E  Ó  E  J  K  R  Ú  Y  T  Z  L  R  D
E  K  T  A  R  Ó  U  T  K  S  Þ  É  E  F
R  K  O  D  E  N  L  U  P  S  E  V  I  B
U  G  R  R  F  P  É  H  Ð  G  Y  R  Ð  Q
T  U  J  A  G  K  V  Q  Ý  A  G  A  H  Y
Á  A  L  R  Y  Þ  G  T  E  S  W  T  J  V
B  L  X  Q  K  Y  U  H  U  I  I  T  Ó  Ö
F  F  J  I  D  A  L  T  U  K  S  Á  L  R
A  D  P  P  B  L  F  A  Y  E  Y  R  O  U
K  L  É  V  S  Í  D  F  Ð  L  S  D  F  B
O  E  B  J  C  Ð  L  F  X  F  G  I  Þ  Í
V  Q  K  B  Þ  E  G  L  E  S  D  X  X  L
S  J  Ú  K  R  A  B  Í  L  L  C  H  Q  L
```

FLUGVÉL	MÓTOR
SJÚKRABÍLL	FLEKI
REIÐHJÓL	ELDFLAUG
BÁTUR	VESPU
RÚTU	SKUTLA
BÍLL	KAFBÁTUR
HJÓLHÝSI	TAXI
VÉL	DEKK
FERJA	DRÁTTARVÉL
ÞYRLA	VÖRUBÍLL

45 - Flowers

```
H  Á  A  B  A  P  Þ  T  X  P  B  Þ  E  P
K  S  W  L  Ð  O  Q  J  O  S  L  K  Z  F
W  T  P  H  J  P  R  S  M  G  M  E  A  P
Þ  R  B  M  R  P  S  N  Ó  K  A  Á  W  X
K  Í  U  W  Q  Y  L  I  L  A  I  T  R  L
R  Ð  P  E  O  N  Y  M  B  P  Y  S  L  I
Ó  U  J  L  T  E  J  A  L  L  I  F  Í  F
N  B  A  O  Í  O  H  G  Ó  U  X  S  Y  M
U  L  S  R  I  L  F  N  S  M  D  N  Ö  V
B  Ó  M  C  E  E  A  O  D  E  A  I  Y  W
L  M  I  H  B  C  V  L  R  R  I  B  Ð  F
A  L  N  I  V  Þ  U  I  U  I  S  T  Þ  S
Ð  Z  E  D  X  K  E  A  L  A  Y  W  Z  J
V  G  B  Q  H  I  B  I  S  C  U  S  T  Ð
```

VÖND	MAGNOLIA
SMÁRI	ORCHID
DAISY	ÁSTRÍÐUBLÓM
FÍFILL	PEONY
TOGA	KRÓNUBLAÐ
HIBISCUS	PLUMERIA
JASMINE	POPPY
LÍLA	SÓLBLÓM
LILY	

46 - Health and Wellness #1

```
P  P  E  Y  B  Y  N  Y  P  Y  X  L  S  Z
N  E  H  W  E  V  E  N  J  A  V  Æ  N  U
H  Q  Ú  T  I  R  J  M  C  F  I  K  Z  G
L  Æ  Ð  A  N  U  K  Ö  L  S  Ð  N  T  P
P  K  Ð  U  Ó  K  E  G  P  W  B  I  L  J
M  L  H  G  M  R  T  S  G  I  R  R  H  F
V  E  M  A  R  I  Ó  X  F  U  A  V  M  D
I  Ö  Ð  R  O  V  P  Þ  R  U  G  N  U  H
E  L  Ð  F  H  R  A  Z  L  V  Ð  P  B  R
M  D  Q  V  E  B  A  K  T  E  R  Í  U  R
G  I  N  G  A  R  M  E  I  Ð  S  L  U  M
S  W  O  G  F  R  Ð  V  E  I  R  A  C  O
Þ  S  L  Y  F  B  E  I  N  B  R  O  T  O
F  Æ  Ð  U  B  Ó  T  A  R  E  F  N  I  E
```

VIRKUR
BAKTERÍUR
BEIN
LÆKNIR
BEINBROT
VENJA
HÆÐ
HORMÓN
HUNGUR
MEIÐSLUM

LYF
VÖÐVA
TAUGAR
APÓTEK
VIÐBRAGÐ
SLÖKUN
HÚÐ
FÆÐUBÓTAREFNI
MEÐFERÐ
VEIRA

47 - Town

```
W  S  Ú  H  K  I  E  L  K  H  H  O  Þ  R
S  C  M  M  Ó  V  Ö  L  L  I  N  N  K  P
Ú  H  W  B  V  T  Ð  P  L  X  Y  Þ  E  Ð
H  U  H  Í  J  V  E  C  T  Ð  X  L  M  H
I  Á  U  R  R  U  L  L  Ö  V  G  U  L  F
F  L  S  A  U  X  B  L  Ó  M  A  B  Ú  Ð
F  G  Z  K  M  A  T  V  Ö  R  U  B  Ú  Ð
A  S  L  A  Ó  B  Ó  K  A  S  A  F  N  U
K  C  G  B  Z  L  G  A  L  L  E  R  Í  N
I  U  W  J  L  Y  I  S  I  F  N  T  B  F
V  E  R  S  L  U  N  N  K  E  T  Ó  P  A
O  H  S  R  V  N  R  A  N  Ó  N  I  G  S
N  L  R  U  Ð  A  K  R  A  M  L  F  C  Z
B  Ó  K  A  B  Ú  Ð  X  B  R  J  I  Þ  H
```

FLUGVÖLLUR	MARKAÐUR
BAKARÍ	SAFN
BANKI	APÓTEK
BÓKABÚÐ	SKÓLI
KAFFIHÚS	VÖLLINN
BLÓMABÚÐ	VERSLUN
GALLERÍ	MATVÖRUBÚÐ
HÓTEL	LEIKHÚS
BÓKASAFN	HÁSKÓLI

48 - Antarctica

```
U F U G L A R Á Y N R L S S
S M R O C K Y L U H A A T K
O U H Z Þ J C F C I N N E Ý
L Þ Þ V T R T U O T N D I T
B E F Z E Í V N L A S S N Q
G N I E N R S N S S Ó L E Q
Y Þ Ó Ð T N F I K T K A F Y
C J L W A Ð Þ I A I N G N V
Ð E F B V N V D G G I E I Q
M Y L L G N G Þ I P R W E A
R J G F Y R N U D N R E V U
Ð A C O V E I K R A L K Ö J
L R L A N D A F R Æ Ð I P Ð
V Í S I N D L E G T C S J X
```

FLÓI	ÍS
FUGLAR	EYJAR
SKÝ	STEINEFNI
VERNDUN	SKAGI
ÁLFUNNI	RANNSÓKNIR
COVE	ROCKY
UMHVERFI	VÍSINDLEGT
LEIÐANGUR	HITASTIG
LANDAFRÆÐI	LANDSLAG
JÖKLAR	VATN

49 - Ballet

```
B S Á D S L Í T S G Q K D T
A V H X Ó T I O R Ð E Q C I
L I O H L Ó O S U G N F C G
L P R Æ Ó N Þ G T A N V H N
E M F F Ð S Z E K R T Ð B A
R I E N Þ K Þ Ð A B Æ W D R
Í K N I S Á F Þ T T J N F L
N I D N A L H W N Á T Æ N E
A L U R K D X Y R L Ó F T G
H L R A R A S N A D N I Æ T
H L J Ó M S V E I T L N K S
T L Ó F A K L A P P I G N S
K Ó R E Ó G R A F W S B I N
V Ö Ð V A Q O J K E T U M Þ
```

LÓFAKLAPP
LISTRÆNN
ÁHORFENDUR
BALLERÍNA
KÓREÓGRAF
TÓNSKÁLD
DANSARAR
SVIPMIKILL
LÁTBRAGÐ
TIGNARLEGT

VÖÐVA
TÓNLIST
HLJÓMSVEIT
ÆFING
TAKTUR
HÆFNI
SÓLÓ
STÍL
TÆKNI

50 - Fashion

```
Á  G  M  D  Ý  R  Þ  U  W  N  K  M  X  Þ
F  Þ  Æ  F  A  T  N  A  Ð  H  Ð  Y  Q  Æ
E  L  L  D  I  N  Ú  T  Í  M  A  N  R  G
R  H  I  E  L  U  K  H  S  Ð  R  S  U  I
Ð  N  N  R  Æ  D  Ð  W  C  E  T  G  L
G  A  G  M  F  F  G  G  Þ  I  I  U  E  E
G  P  A  W  P  E  G  S  S  S  M  R  L  G
E  P  R  Æ  V  G  Ó  H  T  S  A  G  I  T
Ð  A  M  N  P  O  N  L  Ý  U  T  H  S  V
Q  H  A  G  K  V  Æ  M  N  K  R  Í  Æ  N
B  O  U  T  I  Q  U  E  G  X  G  D  L  S
Ú  T  S  A  U  M  U  R  A  K  D  P  G  I
S  T  E  F  N  A  Y  Þ  H  T  N  P  T  E
G  Þ  L  O  R  I  G  I  N  L  E  G  T  X
```

HAGKVÆM	MÆLINGAR
BOUTIQUE	LÆGSTUR
HNAPPA	NÚTÍMA
FATNAÐ	HÓGVÆR
ÞÆGILEGT	ORIGINLEGT
GLÆSILEGUR	MYNSTUR
ÚTSAUMUR	HAGNÝT
DÝR	STÍL
EFNI	ÁFERÐ
REIMA	STEFNA

51 - Human Body

```
V R I S A E H M Q E U F E N
I D Y I H Y G T C F Y Ó D V
M É U U X R Ð I Ð Z L T J U
Y N T C P A K L Á J K U V S
C H B E I N O D G Q X R A B
D N Ö H Q Q Q N X O V O Ð L
X Þ A F R T U A T R A J H Ó
D D U V U K Ö H K U M M R Ð
Z D J P N Ð M H I G H V C V
A G O B N L O G T N I Á Þ P
W D S W U P Z B X I H Q L P
I G I J M B D L D F Ú Ö J S
Ö K K L A H E I L I Ð Q X D
P K D U Þ Ð W Þ Þ V Y Þ Þ L
```

ÖKKLA
BLÓÐ
BEIN
HEILI
HÖKU
EYRA
OLNBOGA
ANDLIT
FINGUR
HÖND

HÖFUÐ
HJARTA
KJÁLKA
HNÉ
FÓTUR
MUNNUR
HÁLS
NEF
ÖXL
HÚÐ

52 - Musical Instruments

```
F  Q  X  Q  Y  P  T  R  O  M  M  A  S  Ð
O  A  Z  D  N  Í  L  Ó  D  N  A  M  C  L
B  C  G  V  W  A  B  E  J  S  E  L  L  Ó
M  A  B  O  Ð  N  Á  I  C  S  N  U  B  L
U  O  N  Þ  T  Ó  S  E  U  Q  Þ  T  Ð  Y
N  A  N  J  G  T  Ú  R  Z  W  P  U  K  K
N  P  V  Z  Ó  U  N  Ó  F  Ó  X  A  S  L
H  G  Í  T  A  R  A  V  V  E  E  L  B  A
Ö  S  L  A  G  V  E  R  K  Þ  A  F  K  R
R  H  T  R  O  M  P  E  T  G  J  C  B  I
P  A  R  H  O  Þ  W  T  F  I  Ð  L  U  N
U  R  I  G  O  N  G  B  U  M  B  U  R  E
P  P  Y  Q  G  C  H  Ó  B  Ó  Ð  Ð  X  T
G  A  M  A  R  I  M  B  A  Q  T  S  N  T
```

BANJÓ	MANDÓLÍN
FAGOTT	MARIMBA
SELLÓ	ÓBÓ
KLARINETT	SLAGVERK
TROMMA	PÍANÓ
FLAUTU	SAXÓFÓN
GONG	BUMBUR
GÍTAR	BÁSÚNA
MUNNHÖRPU	TROMPET
HARPA	FIÐLU

53 - Fruit

```
W  K  N  E  C  T  A  R  I  N  E  N  F  T
M  I  L  P  E  Z  R  J  J  L  M  O  E  C
Z  R  E  B  D  K  E  W  E  H  A  Þ  R  T
N  S  T  L  Þ  W  P  Z  H  S  Z  V  S  A
S  U  K  Ó  K  O  S  H  N  E  T  A  K  P
Í  B  D  Y  Z  D  T  K  P  P  B  V  J  R
T  E  A  N  A  N  A  S  Í  H  F  A  A  Í
R  R  M  M  W  D  V  Þ  A  V  B  U  B  K
Ó  C  M  E  Q  A  I  D  V  A  Í  G  A  Ó
N  B  S  Þ  L  F  D  H  Ó  M  V  O  N  S
U  B  L  E  M  Ó  E  Ð  K  A  V  Z  A  A
W  J  F  F  Q  Y  N  R  A  N  X  T  N  B
V  Í  N  B  E  R  N  A  D  G  S  Z  I  N
P  A  P  A  Y  A  R  D  Ó  Ó  I  G  F  Z
```

EPLI	KÍVÍ
APRÍKÓSA	SÍTRÓNU
AVÓKADÓ	MANGÓ
BANANI	MELÓNA
BER	NECTARINE
KIRSUBER	PAPAYA
KÓKOSHNETA	FERSKJA
MYND	PERA
VÍNBER	ANANAS
GUAVA	

54 - Virtues #1

```
G  Þ  S  W  C  Ð  E  E  L  C  H  F  O  H
Ö  Ó  P  Z  B  G  Q  N  I  Ö  E  Y  R  U
A  R  Ð  T  H  P  T  N  S  R  I  N  U  G
A  U  L  U  K  B  H  I  T  U  L  D  L  M
A  Ð  W  Á  R  A  W  T  R  G  L  I  L  Y
F  Á  H  Z  T  R  H  I  Æ  G  A  Ð  U  N
G  H  X  H  Ý  U  Á  V  N  U  N  Ð  F  D
E  Ó  G  R  N  D  R  R  N  R  D  W  U  A
R  Z  F  E  G  N  P  O  A  Þ  I  Ð  Ð  R
A  M  X  I  A  I  B  F  T  U  G  E  Í  Í
N  D  J  N  H  E  U  S  U  Þ  Ð  G  R  K
D  Q  X  T  X  R  V  I  T  U  R  A  T  U
I  A  Z  I  V  G  H  Ó  G  V  Æ  R  S  R
S  J  Ú  K  L  I  N  G  U  R  Y  E  Á  T
```

LISTRÆNN	HUGMYNDARÍKUR
HEILLANDI	ÓHÁÐUR
HREINT	GREINDUR
ÖRUGGUR	HÓGVÆR
FORVITINN	ÁSTRÍÐUFULLUR
AFGERANDI	SJÚKLINGUR
FYNDIÐ	HAGNÝT
ÖRLÁTUR	ÁRAUÐAST
GÓÐUR	VITUR

55 - Engineering

```
E  D  Í  S  E  L  X  F  O  L  A  R  S  B
G  M  L  Á  R  B  T  E  E  G  Í  R  K  Y
K  N  Ý  J  A  K  R  O  U  R  N  I  Ý  G
I  K  I  E  L  G  U  Ð  Ö  T  S  G  R  G
G  Q  B  F  L  K  V  X  Z  E  Ú  N  I  I
F  E  P  Ð  I  A  L  W  Þ  A  T  A  N  N
M  L  N  Ð  I  E  A  T  R  K  R  T  G  G
V  Ó  J  L  Á  M  R  E  V  Þ  E  S  A  S
C  R  T  Ó  T  P  Ý  D  R  B  I  D  R  M
V  É  L  O  T  J  N  Q  V  W  K  I  M  Í
D  W  T  X  R  A  O  O  N  W  N  M  Y  Ð
K  J  Y  X  S  V  N  R  O  H  I  T  N  I
S  T  Y  R  K  U  R  D  E  I  N  X  D  M
X  M  Æ  L  I  N  G  U  I  L  G  J  Q  B
```

HORN	GÍR
ÁS	STANGIR
ÚTREIKNING	FLJÓTANDI
SMÍÐI	VÉL
DÝPT	MÆLING
SKÝRINGARMYND	MÓTOR
ÞVERMÁL	KNÝJA
DÍSEL	STÖÐUGLEIKI
DREIFING	STYRKUR
ORKA	BYGGING

56 - Kitchen

```
A  Ð  B  O  R  Ð  A  I  W  S  N  U  K  F
U  M  P  H  Q  O  S  W  V  K  T  P  R  B
Z  L  C  L  J  L  G  Q  A  E  N  P  U  Í
S  P  F  B  L  I  Ð  P  B  I  K  S  K  S
F  I  U  A  U  I  U  T  W  Ð  N  K  K  S
S  E  R  V  Í  E  T  T  A  A  P  R  U  K
K  U  U  M  V  M  T  E  D  R  I  I  T  Á
R  R  P  S  Ð  L  A  H  K  D  N  F  N  P
O  P  M  X  K  C  R  T  K  D  N  T  U  U
F  F  A  Z  N  Á  A  Q  U  Y  A  P  V  R
Q  M  V  F  R  P  L  O  N  R  R  E  S  O
K  K  S  G  R  I  L  L  N  K  P  Q  Ð  F
F  R  Y  S  T  I  O  I  Ö  G  M  Ð  W  N
K  H  N  Í  F  A  B  A  K  Ð  G  L  L  X
```

SVUNTU	KETILL
SKÁL	HNÍFA
PINNAR	SERVÍETTA
BOLLA	OFN
MATUR	UPPSKRIFT
FORKS	ÍSSKÁPUR
FRYSTI	KRYDD
GRILL	SVAMPUR
KRUKKU	SKEIÐAR
KÖNNU	AÐ BORÐA

57 - Government

```
J  L  U  O  W  F  X  P  P  H  P  L  U  S
I  Ý  O  Ð  P  J  R  W  D  O  V  V  T  T
Ð  Ð  W  I  U  S  A  I  K  Í  R  Y  B  J
Æ  R  A  G  Ð  M  Z  F  Ð  Þ  J  Ó  Ð  Ó
T  Æ  A  Ð  Æ  Ó  D  A  N  S  B  H  D  R
S  Ð  T  J  R  D  E  Æ  U  R  Æ  E  U  N
F  I  T  E  A  Ð  Æ  R  M  U  É  L  Y  M
L  Ö  G  L  E  G  U  R  S  I  B  T  T  Á
Á  L  E  I  Ð  T  O  G  I  S  W  O  T  L
J  E  W  Z  J  K  J  C  C  L  Q  T  I  I
S  I  F  Ð  P  M  N  M  Þ  E  J  M  R  S
U  O  Á  R  K  S  R  A  N  R  Ó  J  T  S
R  É  T  T  L  Æ  T  I  S  F  T  Á  K  N
L  Ö  G  M  I  N  N  I  S  M  E  R  K  I
```

STJÓRNARSKRÁ   LÖGLEGUR
LÝÐRÆÐI   FRELSI
UMRÆÐA   MINNISMERKI
UMDÆMI   ÞJÓÐ
JAFNRÉTTI   FRIÐSÆLT
SJÁLFSTÆÐI   STJÓRNMÁL
DÓMS   RÆÐU
RÉTTLÆTI   RÍKI
LÖG   TÁKN
LEIÐTOGI

58 - Art Supplies

```
S  F  S  A  R  B  Ð  B  P  A  P  P  Í  R
I  T  I  L  Ó  T  S  L  U  K  Y  W  C  N
I  S  R  O  K  M  R  Í  N  R  Q  R  B  J
G  T  V  O  U  N  F  M  T  T  S  A  P  E
N  U  P  Ö  K  S  E  L  Þ  D  O  T  H  K
M  B  F  X  Ð  L  Y  V  C  O  X  N  A  A
B  L  M  N  M  O  E  Y  T  Q  R  A  Í  R
Ð  E  Ð  S  U  K  U  Ð  R  O  B  Ý  L  Q
A  K  H  J  L  O  G  B  U  M  A  L  O  Z
W  K  O  J  Q  Z  Z  N  N  R  O  B  A  E
D  O  R  G  Z  V  A  T  N  L  E  I  R  B
A  X  M  Ý  H  U  G  M  Y  N  D  I  R  L
K  U  B  I  L  É  V  A  D  N  Y  M  W  C
M  Á  L  N  I  N  G  U  G  L  Æ  S  L  A
```

AKRÝL	LÍM
BURSTAR	HUGMYNDIR
MYNDAVÉL	BLEK
STÓL	OLÍA
KOL	MÁLNINGU
LEIR	PAPPÍR
LITI	BLÝANTAR
SKÖPUN	BORÐ
GLÆSLA	VATN
STROKLEÐUR	

59 - Science Fiction

```
B K G Y A H F V H V T U E C
R Æ I I N E Y R J A T S X Z
X C K H T I X K Á N L H T E
K Q W U X M A Y I B C M R S
V D F V R U L I N K Æ T E D
F É A O J R A W F H I R M Ð
D A F G N I G N E R P S E A
Ð M S R U L L U F R A L U D
Z V Ð P É M S N S Z F K I N
P Q Ð S T T B B C G D L G Y
Ú T Ó P Í A T T G U W Ó T M
L O T U K E R F I N U N Þ Í
S B L E K K I N G E L D U R
D Y S T Ó P Í A W I C G S X
```

LOTUKERFINU   GALAXY
BÆKUR   BLEKKING
EFNI   ÍMYNDAÐ
KLÓN   DULARFULLUR
DYSTÓPÍA   VÉFRÉTT
SPRENGING   TÆKNI
EXTREME   ÚTÓPÍA
FRÁBÆR   HEIMUR
ELDUR

60 - Geometry

```
J S O M I Ð G I L D I H L H
A Ð I L H M A S Z M T Æ Ð L
F M T X F V Í D D B X Ð A U
N X U F R E V H M A S R L T
A J L T T É R Á L R G O K F
K J H H O R N I Ð V E B L A
G E K E C Þ E W L B S R H L
L J N C U O K G Q L C I R L
N N V N M E S S I G E F I C
F G N U I W Y N J A N Y N A
W X I A G N I C Ú V E B G Y
F Y Ð H G A G L Á M R E V Þ
M C T S G N I N K I E R T Ú
R Ö K F R Æ Ð I V O D R J N
```

HORN	MESSI
ÚTREIKNING	MIÐGILDI
HRING	NÚMER
FERILL	SAMHLIÐA
ÞVERMÁL	HLUTFALL
VÍDD	HLUTI
JAFNA	YFIRBORÐ
HÆÐ	SAMHVERFU
LÁRÉTT	KENNING
RÖKFRÆÐI	

61 - Airplanes

```
S  K  R  Ú  F  U  R  I  T  X  T  B  W  V
J  F  Y  L  Á  M  N  R  Ó  J  T  S  U  I
Z  I  T  Y  E  N  S  D  L  E  B  F  R  W
S  M  Í  Ð  I  N  U  N  N  Ö  H  C  U  Ð
E  X  I  G  R  F  D  B  B  C  A  Q  Ð  F
I  T  V  H  Ý  Ö  U  I  G  E  Þ  R  A  F
Y  Y  W  M  T  H  R  P  N  W  U  G  M  K
Q  I  O  S  N  Á  Ð  S  P  G  S  A  G  A
N  N  I  M  I  H  Ö  T  P  R  S  B  U  V
L  O  F  T  V  J  L  E  Y  X  U  I  L  G
A  X  H  A  Æ  L  B  F  H  R  E  N  F  D
V  É  L  Æ  V  E  N  N  D  Y  J  T  A  D
M  X  Ð  Z  Ð  Þ  U  J  W  V  E  Þ  Ð
Ó  K  Y  R  R  Ð  I  M  G  Q  H  V  S  M
```

ÆVINTÝRI	ELDSNEYTI
LOFT	HÆÐ
STJÓRNMÁL	SAGA
BLÖÐRU	VETNI
SMÍÐI	LENDING
ÁHÖFN	FARÞEGI
UPPRUNA	FLUGMAÐUR
HÖNNUN	SKRÚFUR
STEFNU	HIMINN
VÉL	ÓKYRRÐ

62 - Ocean

```
Þ  K  Ó  R  A  L  L  H  Q  K  E  Q  Ð  A
S  Ö  R  Y  Q  K  X  Ö  Þ  R  P  E  B  B
S  T  R  U  K  S  I  F  K  A  R  T  S  O
K  L  O  U  Ð  F  I  R  S  B  T  R  B  S
J  A  Þ  R  N  P  B  U  V  B  Ú  Æ  K  I
A  S  Þ  U  M  G  B  N  A  I  N  K  P  O
L  S  A  L  H  U  A  G  M  Ð  F  J  C  B
D  Y  N  A  Á  S  R  U  P  Þ  I  A  J  K
B  O  G  V  K  U  K  R  U  H  S  B  M  Y
A  M  S  H  A  S  L  R  R  N  K  Z  S  L
K  X  O  H  R  R  O  C  I  H  U  F  J  J
A  X  Y  L  L  U  K  E  V  F  R  M  Ð  J
Á  L  L  Z  M  A  R  G  L  Y  T  T  A  R
F  Z  L  S  J  Á  V  A  R  F  Ö  L  L  X
```

ÞÖRUNGA	SALT
KÓRALL	ÞANG
KRABBI	HÁKARL
HÖFRUNGUR	RÆKJA
ÁLL	SVAMPUR
FISKUR	STORMUR
MARGLYTTA	SJÁVARFÖLL
KOLKRABBI	TÚNFISKUR
OSTRA	SKJALDBAKA
RIF	HVALUR

63 - Force and Gravity

```
V F E L S R N E H B T G T N
É J Ð W K I V K I R N D F Ú
L A L J R W M U J G A U U N
F R I N I I F Í M G N Ð O I
R L S Z Ð G S U T I D I I N
Æ Æ F Z Þ E S Y H X J X R G
Ð G R T U A R B R O P S W X
I Ð Æ V N U K K Æ T S K Ð W
C O Ð N G A M L U G E S M O
O Ð I L A Ð I L H L A Á S Á
Þ R Ý S T I N G U R D R T H
X Æ U P P G Ö T V U N I N R
Z T Þ Y N G D A T T Þ W K I
S S T K N M I Ð J A F L O F
```

ÁS	VÉLFRÆÐI
MIÐJA	SKRIÐÞUNGA
UPPGÖTVUN	SPORBRAUT
FJARLÆGÐ	EÐLISFRÆÐI
KVIK	ÞRÝSTINGUR
STÆKKUN	EIGNIR
NÚNING	HRAÐI
ÁHRIF	TÍMI
SEGULMAGN	ALHLIÐA
STÆRÐ	ÞYNGD

64 - Birds

```
S  P  P  A  S  Ð  Þ  Z  Ð  V  F  K  Z  W
Q  Á  W  E  Ð  I  M  S  J  N  L  L  S  X
D  F  A  N  A  C  I  L  E  P  A  H  Y  Z
N  A  T  C  E  C  W  Y  E  R  M  J  E  R
Ö  G  R  U  K  R  O  T  S  S  I  I  U  U
R  A  G  P  M  T  R  C  R  U  N  A  V  S
N  U  Æ  F  Ö  O  R  D  K  Z  G  V  P  P
O  K  S  F  R  U  A  Þ  Þ  Ð  O  R  J  D
R  U  K  T  G  C  P  G  A  U  K  U  R  Ú
E  R  Þ  P  Æ  A  S  U  V  K  I  T  F  F
H  B  B  M  S  N  F  L  U  C  Á  Ú  F  A
E  Y  N  Y  A  X  Y  S  X  V  C  R  Ð  P
L  G  U  F  Í  R  A  N  A  K  C  T  K  E
R  U  G  N  I  L  K  Ú  J  K  S  S  N  R
```

KANARÍFUGL	HERON
KJÚKLINGUR	STRÚTUR
KRÁKA	PÁFAGAUKUR
GAUKUR	PEACOCK
DÚFA	PELICAN
ÖND	MÖRGÆS
ÖRN	SPARROW
EGG	STORKUR
FLAMINGO	SVANUR
GÆS	TOUCAN

65 - Nutrition

```
G E R J U N V B I T U R N W
F L E I N F E R U T I E Æ U
R U T Æ E A N V T Z R H R H
U Ó Þ I V U J S W E Ð I I G
Ð H L Q K J A S Ó S Ð T N Æ
G M E E P R Ó T E I N A G Ð
I E K I G V E S W Q Í E A I
R L O Ð L U E Y J T M I R Þ
B T L Æ M S R L K P A N E Y
L I V R C L A R W Ð T I F N
I N E A Y Ð G A R B Í N N G
E G T T S Y C T B W V G I D
H D N A I F Ð A M L N A S R
P W I M O D Ð M A Ð M R H F
```

MATARLYST
RÓLEGUR
BITUR
HITAEININGAR
KOLVETNI
MATARÆÐI
MELTING
ÆTUR
GERJUN
BRAGÐ

VENJA
HEILSA
HEILBRIGÐUR
NÆRINGAREFNI
PRÓTEIN
GÆÐI
SÓSA
EITUREFNI
VÍTAMÍN
ÞYNGD

66 - Hiking

```
M  Z  B  B  D  M  Ð  T  C  I  Þ  U  G  F
A  G  J  H  O  B  R  P  V  E  U  N  L  U
C  P  A  Ð  V  W  A  P  H  N  D  É  N
B  A  R  U  T  T  Y  E  R  Þ  G  I  V  D
X  C  G  G  Y  Y  V  A  D  I  T  R  G  I
T  J  S  Q  R  H  R  I  Q  P  R  B  Í  N
D  O  N  T  A  V  E  U  L  Q  O  Ú  T  U
F  Ý  A  Ð  Æ  J  T  Ú  Ð  L  K  N  S  M
J  G  R  S  T  E  I  N  A  R  T  I  Ó  Þ
A  I  Ú  R  Y  P  R  Z  O  H  A  N  L  I
L  Y  T  O  R  Þ  P  D  Z  O  J  G  D  F
L  U  T  X  R  M  O  T  U  I  A  U  S  M
S  J  Á  V  E  Ð  U  R  F  A  R  R  G  O
B  W  N  U  K  R  Ö  M  U  N  F  E  T  S
```

DÝR	STEFNUMÖRKUN
STÍGVÉL	GARÐUR
ÚTJÆÐA	UNDIRBÚNINGUR
BJARG	STEINAR
VEÐURFAR	FUNDINUM
ÞUNGT	SÓL
KORT	ÞREYTTUR
FJALL	VATN
NÁTTÚRAN	VILLT

67 - Professions #1

```
Þ  L  Ö  G  F  R  Æ  Ð  I  N  G  U  R  L
J  J  J  E  Z  U  R  K  V  E  Y  T  I  I
A  P  Á  B  C  Ð  B  G  E  J  W  Z  P  S
R  Í  H  L  T  A  T  C  E  S  U  C  I  T
Ð  A  S  L  F  M  H  Z  B  I  E  D  R  A
F  N  E  Ö  D  A  N  K  Ð  G  C  Z  G  M
R  Ó  N  G  A  T  R  I  N  K  Æ  L  T  A
Æ  L  D  M  N  T  Þ  I  N  Þ  M  W  R  Ð
Ð  E  I  A  S  Ó  K  T  M  T  A  T  A  U
I  I  H  Ð  A  R  W  B  R  O  Ð  F  K  R
N  K  E  U  R  Þ  S  Q  C  M  T  P  S  I
G  A  R  R  I  Í  V  É  L  V  I  R  K  I
U  R  R  U  Ð  A  M  I  Ð  I  E  V  G  G
R  I  A  S  J  Ó  M  A  Ð  U  R  C  E  P
```

SENDIHERRA   JARÐFRÆÐINGUR
LISTAMAÐUR   VEIÐIMAÐUR
ÍÞRÓTTAMAÐUR   SKARTGRIPIR
LÖGMAÐUR   LÖGFRÆÐINGUR
ÞJÁLFARI   VÉLVIRKI
DANSARI   PÍANÓLEIKARI
LÆKNIR   SJÓMAÐUR

68 - Barbecues

```
Þ  H  Þ  U  A  B  V  Y  D  S  C  C  G  Þ
F  M  G  M  G  J  Ö  H  B  Ó  L  V  V  K
L  T  M  O  D  C  Z  R  X  S  Ð  F  T  V
L  E  I  K  I  R  Ð  T  N  A  Q  H  Þ  Ö
Ð  V  C  F  J  Ö  L  S  K  Y  L  D  A  L
H  E  I  T  T  V  G  H  U  N  G  U  R  D
S  O  N  M  M  T  I  R  U  T  A  M  R  M
U  N  M  D  X  L  F  N  I  W  T  P  A  A
M  M  J  D  Q  T  T  S  I  L  N  Ó  T  T
A  Á  V  Ö  X  T  U  R  N  R  L  S  A  U
R  K  J  Ú  K  L  I  N  G  U  R  A  M  R
S  A  L  T  Y  F  O  R  K  S  Q  L  Ó  I
H  N  Í  F  A  Ð  I  S  R  E  D  Ö  T  N
G  R  Æ  N  M  E  T  I  S  N  Þ  T  U  J
```

KJÚKLINGUR	HEITT
BÖRN	HUNGUR
KVÖLDMATUR	HNÍFA
FJÖLSKYLDA	TÓNLIST
MATUR	SALÖT
FORKS	SALT
VINIR	SÓSA
ÁVÖXTUR	SUMAR
LEIKIR	TÓMATAR
GRILL	GRÆNMETI

69 - Chocolate

```
A T E N H S O K Ó K L V R U
H N I S Y K U R Y P J X S P
A B D Y Þ S J A E F Ú C R P
N R N O G K G L I L F V A S
D A A T X P Q L V R F S G K
V G M Þ M U T E N H E Æ N R
E Ð A M Z N N M I L N T I I
R E R U M L I A K Þ G U N F
K R F Q H V M R R E U R I T
B I T U R T M A W E R I E D
G G Z H L G A K V I F V A Ð
U Æ I X V K N K A K Ó N T I
L W Ð U P P Á H A L D S I S
S D F I N F E Z C T Q O H F
```

ANDOXUNAREFNI	FRAMANDI
ILMUR	UPPÁHALDS
HANDVERK	EFNI
BITUR	HNETUM
KAKÓ	GÆÐI
HITAEININGAR	UPPSKRIFT
NAMMI	SYKUR
KARAMELLA	SÆTUR
KÓKOSHNETA	BRAGÐ
LJÚFFENGUR	

70 - Vegetables

```
B G H F B Ð E W O S L X T T
S L R U K U A L T Í V H V Ó
C V Ó A J L E S N I E T S M
U Z E M S S Þ C I Z R D Z A
P X N P K K K Þ U X O E Í T
E S Æ U P Á E K O H I T R A
A P P V P I L R K Z E A E Q
F Í A E U K R Ú G X C L L E
I N L A U K U R F Þ U A L N
A A Z E G G A L D I N S E G
N T J L Á K L I G R E P S I
G U L R Ó T Q R Æ Ð J A N F
S K A L O T T L A U K U R E
O A T J Z P Q K U E Z P N R
```

ARTIHOKE
SPERGILKÁL
GULRÓT
BLÓMKÁL
SELLERÍ
GÚRKU
EGGALDIN
HVÍTLAUKUR
ENGIFER
SVEPPIR

LAUKUR
STEINSELJA
PEA
GRASKER
RÆÐJA
SALAT
SKALOTTLAUKUR
SPÍNAT
TÓMAT
NÆPA

71 - The Media

```
H  F  D  M  S  Þ  R  T  I  L  Á  S  Ú  Ú
H  X  A  E  T  Ð  U  Í  S  D  G  A  T  T
D  N  G  N  A  P  G  M  L  Y  O  M  G  V
H  U  B  N  F  S  N  A  N  Ð  U  S  Á  A
J  N  L  T  R  Y  I  R  R  H  H  K  F  R
N  G  Ö  U  Æ  P  L  I  K  E  M  I  A  P
I  Ö  Ð  N  N  B  K  T  H  P  Z  P  A  B
Ð  M  U  G  E  L  A  N  U  M  S  T  I  V
N  R  Æ  B  Ð  A  T  S  P  X  Þ  I  H  N
A  Á  I  M  Z  A  S  V  I  Ð  H  O  R  F
Ð  J  F  R  A  G  N  I  S  Ý  L  G  U  A
U  F  K  T  G  T  I  Á  N  E  T  I  N  U
R  T  X  Q  V  R  E  B  N  I  P  O  H  E
A  U  G  L  Ý  S  I  N  G  T  E  J  E  Ð
```

AUGLÝSINGAR
VIÐHORF
AUGLÝSING
SAMSKIPTI
STAFRÆN
ÚTGÁFA
MENNTUN
FJÁRMÖGNUN
EINSTAKLINGUR
IÐNAÐUR

VITSMUNALEGUM
STAÐBÆR
TÍMARIT
NET
DAGBLÖÐ
Á NETINU
ÁLIT
OPINBER
ÚTVARP

72 - Boats

```
S  J  Ó  S  E  O  R  B  M  A  R  M  Z  E
A  S  A  J  R  E  F  X  R  E  V  I  R  R
N  T  F  Ó  N  A  K  Ð  Y  Y  Z  U  J  N
N  U  I  M  Z  X  L  L  Ð  G  G  Z  Q  T
A  H  K  A  J  A  K  X  V  C  V  G  B  A
M  A  E  Ð  R  E  I  P  I  T  É  X  J  V
Ó  F  L  U  J  K  K  E  N  S  L  B  N  U
J  M  F  R  Þ  L  J  D  I  L  R  A  A  Ð
S  E  G  L  B  Á  T  U  R  M  Á  U  Y  Ö
F  Y  O  B  K  J  R  N  E  A  H  R  A  T
V  J  Ð  L  Ð  Y  K  Þ  K  S  Ö  R  S  S
N  E  Ö  U  R  C  E  L  K  T  F  C  C  D
M  O  K  R  Q  G  W  Q  A  U  N  S  B  C
F  Þ  X  B  U  D  T  G  F  R  K  N  H  S
```

AKKERI	SJÓMANNA
BAU	HAF
KANÓ	FLEKI
ÁHÖFN	RIVER
BRYGGJU	REIPI
VÉL	SEGLBÁTUR
FERJA	SJÓMAÐUR
KAJAK	SJÓ
STÖÐUVATN	FJÖRU
MASTUR	SNEKKJU

73 - Activities and Leisure

```
A  I  R  E  Y  Ð  V  N  G  F  M  Á  S  H
F  K  A  T  H  C  E  Y  A  Ó  W  H  D  A
S  R  K  S  A  C  I  H  R  T  E  U  K  F
L  E  I  A  L  C  Ð  S  Ð  B  Ú  G  Ö  N
A  V  E  Ð  S  M  I  U  Y  O  T  A  R  A
P  L  L  R  R  I  N  N  R  L  J  M  F  B
P  Á  A  E  E  E  Q  D  K  T  Æ  Á  U  O
A  M  F  F  V  F  F  D  J  I  Ð  L  B  L
N  Q  E  G  O  L  F  U  A  D  A  T  O  T
D  S  N  U  F  Ö  K  Y  G  U  V  Ð  L  I
I  K  H  J  O  Þ  T  S  I  N  N  E  T  W
K  A  P  P  A  K  S  T  U  R  Ö  B  I  D
C  L  Z  Ð  A  P  I  J  U  B  H  G  C  D
Ð  B  R  Ð  X  D  L  W  H  E  U  H  N  I
```

LIST
HAFNABOLTI
KÖRFUBOLTI
HNEFALEIKAR
ÚTJÆÐA
KÖFUN
VEIÐI
GARÐYRKJA
GOLF
GÖNGUFERÐIR

ÁHUGAMÁL
MÁLVERK
KAPPAKSTUR
AFSLAPPANDI
VERSLA
FÓTBOLTI
SUND
TENNIS
FERÐAST
BLAK

74 - Driving

```
P  H  I  G  G  Y  R  Ö  J  C  Q  N  N  Þ
B  U  T  M  Ó  T  O  R  H  J  Ó  L  Þ  B
Þ  R  Y  V  N  U  F  S  F  I  U  H  X  F
G  H  E  G  N  Ö  G  W  A  F  Q  G  Y  A
A  R  N  M  A  K  O  R  T  Y  T  E  E  I
S  A  S  M  S  N  A  L  G  E  R  G  Ö  L
B  Ð  D  Þ  Y  U  G  H  D  L  S  Y  U  L
L  I  L  K  L  Y  R  A  Æ  P  Q  G  M  Í
P  J  E  O  S  W  E  Q  N  T  Y  G  F  B
W  M  L  R  V  S  Q  Z  M  D  T  Y  E  X
L  Ó  B  Í  L  S  K  Ú  R  A  I  A  R  H
Þ  T  V  Ö  R  U  B  Í  L  L  M  Ð  Ð  H
N  O  T  B  Í  L  S  T  J  Ó  R  I  Q  K
L  R  U  G  E  V  X  N  B  H  Y  F  Þ  U
```

SLYS
BREMSUR
BÍLL
HÆTTA
BÍLSTJÓRI
ELDSNEYTI
BÍLSKÚR
GAS
LEYFI
KORT

MÓTOR
MÓTORHJÓL
GANGANDI
LÖGREGLAN
VEGUR
ÖRYGGI
HRAÐI
UMFERÐ
VÖRUBÍLL
GÖNG

75 - Professions #2

```
L  K  Y  L  W  J  B  W  P  I  T  F  R  R
Í  Y  E  S  X  Q  Ó  R  R  R  E  L  U  A
F  K  U  N  H  U  N  N  Ó  A  I  U  G  N
F  D  S  G  N  Q  D  K  F  D  K  G  N  N
R  S  G  P  N  A  I  E  E  N  N  M  I  S
Æ  F  E  I  R  R  R  A  S  Y  A  A  Ð  Ó
Ð  O  E  F  U  W  X  I  S  M  R  Ð  Æ  K
I  M  Á  L  A  R  I  S  O  S  I  U  R  N
N  K  A  H  Z  X  Þ  F  R  Ó  I  R  F  I
G  E  I  N  K  A  S  P  Æ  J  A  R  A  R
U  G  E  I  M  F  A  R  I  L  Æ  K  N  I
R  R  A  N  N  S  A  K  A  N  D  A  F  N
I  T  A  N  N  L  Æ  K  N  I  S  Z  E  H
V  E  R  K  F  R  Æ  Ð  I  N  G  U  R  E
```

GEIMFARI	RANNSAKANDA
LÍFFRÆÐINGUR	MÁLARI
EFNAFRÆÐINGUR	LJÓSMYNDARI
TANNLÆKNI	LÆKNI
EINKASPÆJARA	FLUGMAÐUR
VERKFRÆÐINGUR	PRÓFESSOR
BÓNDI	RANNSÓKNIR
TEIKNARI	KENNARI

76 - Emotions

```
F  Ð  S  D  L  I  V  Ð  Ó  G  B  G  T  N
V  R  T  N  N  E  P  S  S  I  H  N  G  X
A  R  I  T  T  Ó  I  S  S  I  T  Z  Æ  S
N  R  Ð  Ð  A  X  T  Ð  O  P  E  F  N  I
D  U  I  Ú  U  I  S  U  I  R  D  B  L  N
R  Ð  E  M  D  R  Þ  L  Y  N  G  J  L  G
Æ  A  R  A  L  Æ  S  X  T  R  D  Z  U  G
Ð  P  I  S  R  U  R  G  Z  Ó  Þ  I  F  J
A  P  Þ  A  K  K  L  Á  T  U  R  J  G  U
L  A  I  E  Q  G  L  E  Y  M  S  L  I  Y
E  L  O  G  N  L  S  B  J  B  X  A  O  V
G  S  I  A  Q  E  G  Y  L  É  T  T  I  R
U  F  G  U  X  Ð  J  H  H  T  S  T  K  K
R  A  R  B  H  I  J  T  L  M  Á  H  U  I
```

REIÐI	GÓÐVILD
SÆLA	ÁST
LEIÐINDI	FRIÐUR
LOGN	AFSLAPPAÐUR
EFNI	LÉTTIR
VANDRÆÐALEGUR	SORG
SPENNT	FULLNÆGT
ÓTTI	SAMÚÐ
ÞAKKLÁTUR	EYMSLI
GLEÐI	RÓ

77 - Mythology

```
Þ  L  A  J  W  E  S  D  N  U  F  Ö  T  Z
H  J  C  X  G  L  K  A  J  T  E  H  P  T
I  V  Ó  K  Z  R  E  U  E  Ð  V  M  W  C
M  I  A  Ð  H  B  P  Ð  Þ  D  V  I  O  Y
N  Ð  R  E  S  R  N  L  E  O  D  S  Y  Þ
A  H  K  M  L  A  A  E  A  U  T  H  M  K
R  O  E  Q  N  Þ  G  G  N  I  N  N  E  M
Í  R  T  Þ  W  M  N  A  E  H  E  F  N  D
K  F  Y  K  F  Q  U  U  C  L  S  J  C  N
I  W  P  I  J  T  M  H  E  M  D  F  L  L
Y  Q  E  R  U  K  R  Y  T  S  S  I  R  E
S  K  Ö  P  U  N  Ö  F  Z  M  Y  G  N  C
Þ  R  U  M  U  R  H  H  E  G  Ð  U  N  G
A  R  F  S  K  R  Í  M  S  L  I  W  W  F
```

ARKETYPE	ÖFUND
HEGÐUN	ÞJÓÐSAGA
VIÐHORF	ELDING
SKÖPUN	SKRÍMSLI
SKEPNA	DAUÐLEG
MENNING	HEFND
HÖRMUNG	STYRKUR
HIMNARÍKI	ÞRUMUR
HETJA	

78 - Hair Types

```
L  G  J  N  I  Ð  R  S  H  Þ  S  A  M  F
S  I  Þ  U  N  N  U  R  R  Y  K  A  J  L
T  T  T  C  C  Þ  Ð  U  O  K  Ö  K  Ú  É
R  V  U  A  R  U  R  T  K  K  L  R  K  T
A  O  R  T  Ð  R  Æ  T  K  U  L  U  U  T
V  I  F  V  T  R  H  É  I  R  Ó  L  R  U
S  I  L  F  U  R  S  L  Ð  Á  T  L  Þ  M
B  R  Ú  N  T  Ð  Ó  F  D  R  T  A  H  Y
H  V  Í  T  U  R  J  M  H  G  U  J  H  S
M  G  Q  N  E  O  L  O  O  W  R  T  J  L
H  E  I  L  B  R  I  G  Ð  U  R  G  T  A
R  M  A  B  J  N  F  Y  L  W  B  V  U  N
Q  W  Z  X  Þ  I  D  N  A  S  N  A  L  G
O  C  Z  W  B  W  P  F  Ð  V  Ð  K  D  T
```

SKÖLLÓTTUR	GRÁR
SVART	HEILBRIGÐUR
LJÓSHÆRÐUR	LANGT
FLÉTTUM	GLANSANDI
FLÉTTUR	STUTT
BRÚNT	SILFUR
LITAÐ	MJÚKUR
KRULLA	ÞYKKUR
HROKKIÐ	ÞUNNUR
ÞURR	HVÍTUR

79 - Garden

```
N  X  P  G  A  R  Ð  U  R  L  B  Q  B  E
I  D  T  Þ  X  M  I  S  E  R  G  L  L  I
V  B  K  K  G  C  Q  U  P  X  E  V  Ó  B
B  E  N  S  T  E  I  N  A  R  E  J  V  M
E  B  R  U  Ð  R  A  G  N  I  D  L  A  S
K  U  Ö  Ö  R  V  Q  R  U  T  C  É  N  L
K  S  J  F  N  Í  L  Ó  P  M  A  R  T  Ö
U  H  T  L  B  D  D  Þ  L  K  C  T  Ö  N
R  F  Q  A  B  Í  Y  B  D  W  G  D  L  G
G  D  E  L  F  B  L  G  L  A  W  H  F  U
G  I  R  Ð  I  N  G  S  A  R  G  Ð  S  N
V  Í  N  V  I  Ð  U  R  K  F  J  N  A  A
H  E  N  G  I  R  Ú  M  O  Ú  C  Z  R  S
H  R  Í  F  A  V  H  T  M  K  R  G  G  W
```

BEKKUR
BUSH
GIRÐING
BLÓM
BÍLSKÚR
GARÐUR
GRAS
HENGIRÚM
SLÖNGUNA
GRASFLÖT

ALDINGARÐUR
TJÖRN
HRÍFA
STEINAR
MOKA
VERÖND
TRAMPÓLÍN
TRÉ
VÍNVIÐUR
ILLGRESI

80 - Diplomacy

```
L  G  X  I  V  B  T  V  L  G  X  Q  I  R
K  A  V  V  A  O  Ð  L  L  U  Þ  H  D  É
Á  L  U  G  W  R  Á  L  Y  K  T  U  N  T
T  É  Ö  S  S  G  R  J  C  S  C  Þ  I  T
Ö  F  R  T  N  A  I  Þ  J  T  I  W  L  L
K  M  Y  F  Q  R  D  Ð  T  J  V  U  I  Æ
K  A  G  R  L  A  N  L  Æ  Ó  I  N  E  T
I  S  G  A  O  R  E  A  B  R  C  D  H  I
U  D  I  T  N  F  S  N  S  N  N  C  E  B
J  K  P  S  O  J  N  U  N  M  A  N  Z  Ð
A  Y  U  M  R  Æ  Ð  A  Q  Á  P  L  A  C
L  I  F  A  J  G  Ð  Á  R  L  O  M  D  M
X  H  U  S  S  E  N  D  I  H  E  R  R  A
R  Í  K  I  S  S  T  J  Ó  R  N  R  E  V
```

RÁÐGJAFI
SENDIHERRA
BORGARAR
CIVIC
SAMFÉLAG
ÁTÖK
SAMSTARF
UMRÆÐA
SENDIRÁÐ

RÍKISSTJÓRN
MANNRÆÐI
HEILINDI
RÉTTLÆTI
STJÓRNMÁL
ÁLYKTUN
ÖRYGGI
LAUSN

81 - Countries #1

```
K O C A J U E L T S E M N V
A A W I L A G E N E S A O Í
R V N R L T Y T Þ M V R R E
Í G K A G G P T Q F Z O E T
Í A Y Í D H T L K N J K G N
S R T L X A A A N R J K U A
R A X A E W L N I D H Ó R M
A K B T Y C A D N A L L Ó P
E Í V Í P N N Á P S N J L Þ
L N O H X H D Ð O A C S X A
V E N E S Ú E L A Ý N Q K S
F I N N L A N D W B Ð A L B
Þ Ý S K A L A N D Í W X M P
R Ú M E N Í A C B L E Y Þ A
```

KANADA	NÍKARAGVA
EGYPTALAND	NOREGUR
FINNLAND	PANAMA
ÞÝSKALAND	PÓLLAND
ÍRAK	RÚMENÍA
ÍSRAEL	SENEGAL
ÍTALÍA	SPÁNN
LETTLAND	VENESÚELA
LÍBÝA	VÍETNAM
MAROKKÓ	

82 - Adjectives #1

```
A  O  P  M  G  Ð  X  B  Ð  S  A  B  T  M
Ð  U  B  I  S  Þ  J  P  R  Ö  N  H  Þ  E
L  R  U  K  R  Y  M  N  Þ  M  R  G  L  T
A  U  K  I  O  N  N  J  O  U  L  R  I  N
Ð  T  J  L  D  Ý  R  M  Æ  T  U  R  S  A
A  Á  B  V  H  Æ  G  T  L  A  H  Q  T  Ð
N  L  A  Æ  T  Þ  U  N  N  U  R  Þ  R  A
D  R  U  G  E  L  R  A  Ð  I  E  H  Æ  R
I  Ö  F  T  F  R  A  M  A  N  D  I  N  L
I  D  N  A  M  L  I  M  W  X  W  Y  N  E
W  N  Ð  X  L  Ð  B  H  Í  N  J  G  R  G
A  L  G  E  R  L  U  V  K  T  V  Y  K  T
I  Þ  U  N  G  T  E  Z  F  G  Ú  L  P  T
Q  Ð  T  X  T  Z  T  G  C  K  Z  N  N  U
```

ALGER	ÞUNGT
METNAÐARLEGT	HEIÐARLEGUR
ILMANDI	SÖMU
LISTRÆNN	MIKILVÆGT
AÐLAÐANDI	NÚTÍMA
FALLEG	HÆGT
MYRKUR	ÞUNNUR
FRAMANDI	DÝRMÆTUR
ÖRLÁTUR	

83 - Rainforest

```
S A N P T A T H V A R F Q F
E N D U R R E I S N D C Ð R
L F J Ö L B R E Y T N I V O
I O W V G S N V D G U Q I S
F R I B A K R Á F O G O R K
U U Z W L O A S T H E A Ð D
N G H Þ É R F G P T T R I Ý
R Ó B H F D R K X E Ú O N R
A K M W M Ý U Ð K Z N R G L
L S D O A R Ð I H K X D A M
G M U L S I E V Ð R A V Ý N
U U R Ý K S V J B X Z V N R
F R U M B Y G G J A M Y C H
G F Q X Ð B O T A N I C A L
```

FROSKDÝR   SPENDÝR
FUGLAR   MOSS
BOTANICAL   NÁTTÚRAN
VEÐURFAR   VARÐVEISLU
SKÝ   ATHVARF
SAMFÉLAG   VIRÐING
FJÖLBREYTNI   ENDURREISN
FRUMBYGGJA   TEGUND
SKORDÝR   LIFUN
FRUMSKÓGUR

84 - Landscapes

```
N P R X X A J Y E K D N S H
G O S H V E R F X V A Ð T S
J M V L Y A R D G L L E Ö K
F N I S J Ó I L N L U Y Ð A
I J N C J N V J K U R Ð U G
M O A C Z Í E Z U K T I V I
A S W R P S R Q S Ö G M A R
F O S S A B D R M J C Ö T J
M Ý R I S E V O J J C R N U
Ð C A A S R W Y L Þ B K H E
L F X H Z G B H L X P O E V
H R I W S M L L A J F D L E
Æ Q Þ K Y Y F K J M A E L H
Ð N U T Z C O E F R H Y I Þ
```

FJARA	VIN
HELLI	HAF
EYÐIMÖRK	SKAGI
GOSHVER	RIVER
JÖKULL	SJÓ
HÆÐ	MÝRI
ÍSBERG	TUNDRA
EYJA	DALUR
STÖÐUVATN	ELDFJALL
FJALL	FOSS

85 - Plants

```
F  L  O  R  A  B  C  M  B  O  K  Z  D  H
H  N  O  M  E  S  X  O  V  É  R  T  C  G
Á  B  U  R  Ð  U  R  S  Þ  R  Ó  W  I  R
R  A  Q  A  V  J  E  S  R  U  N  K  V  Ó
O  M  K  W  B  Y  B  B  F  K  U  A  Y  Ð
Y  P  M  N  K  G  I  O  K  L  B  K  I  U
G  R  A  S  A  F  R  Æ  Ð  I  L  T  F  R
R  U  Ð  R  A  G  W  A  R  T  A  U  P  B
B  G  D  I  B  R  B  K  U  S  Ð  S  M  U
A  Ó  L  J  L  R  G  G  B  W  H  X  S  S
O  K  F  N  Ó  B  U  E  P  D  O  Q  X  H
I  S  U  B  M  A  B  R  Ó  T  F  Z  P  N
H  I  W  R  T  D  K  A  A  T  Q  I  V  A
X  P  J  T  K  F  Q  Q  K  R  E  A  E  P
```

BAMBUS	SKÓGUR
BAUN	GARÐUR
BER	GRAS
GRASAFRÆÐI	IVY
BUSH	MOSS
KAKTUS	KRÓNUBLAÐ
ÁBURÐUR	RÓT
FLORA	STILKUR
BLÓM	TRÉ
SM	GRÓÐUR

86 - Boxing

```
O  B  R  Q  S  L  L  H  Æ  F  N  I  N  H
J  A  X  Y  C  P  J  Í  D  N  H  K  D  Ö
I  R  A  M  Ó  D  A  F  K  D  W  I  V  K
Z  D  H  P  Y  J  L  R  V  A  K  B  R  U
M  A  A  O  Þ  Þ  L  U  K  C  M  L  U  H
Ó  G  N  J  H  Ð  A  K  Q  A  G  I  T  S
T  A  S  I  O  P  J  R  V  G  G  F  Ó  N
M  M  K  M  R  Á  B  Y  I  O  Q  E  J  C
Æ  A  A  F  N  V  U  T  Ð  B  C  N  L  N
L  Ð  W  Ó  K  E  H  S  Þ  N  B  H  F  D
A  U  R  K  K  R  L  P  L  L  I  A  S  I
N  R  X  U  K  K  E  Q  B  O  T  X  T  L
D  Y  Þ  S  W  A  B  Ú  I  N  N  L  C  A
I  Y  U  F  M  R  R  E  I  P  I  M  X  C
```

BJALLA	ÁVERKAR
LÍKAMI	SPARKA
HÖKU	MÓTMÆLANDI
HORN	STIG
OLNBOGA	FLJÓTUR
BÚINN	BATA
BARDAGAMAÐUR	DÓMARI
HNEFI	REIPI
FÓKUS	HÆFNI
HANSKA	STYRKUR

87 - Countries #2

```
M D I C B A Í L A M Ó S N N
Q E G R I K K L A N D Ú Í U
V H X K L D I K M O G D G R
Ú Y G Í L B O K R R M A E O
J G W Z K J C G K Ö A N R Q
A N A N T Ó V P H Q M A Í M
M E B N A T S I K A P N A H
A P P O D A A L B A N Í A L
Í A V P O A R Ú S S L A N D
K L L Í B A N O N O H R A X
A Í R E B Í L Þ R A A K P E
E Þ Í Ó P Í A V U L Í Ú A W
O H M W U O L Y M N T N J T
S Ý R L A N D Y G H Í N F K
```

ALBANÍA	MEXÍKÓ
DANMÖRK	NEPAL
EÞÍÓPÍA	NÍGERÍA
GRIKKLAND	PAKISTAN
HAÍTÍ	RÚSSLAND
JAMAÍKA	SÓMALÍA
JAPAN	SÚDAN
LAOS	SÝRLAND
LÍBANON	ÚGANDA
LÍBERÍA	ÚKRAÍNA

88 - Adjectives #2

```
B  I  G  T  G  H  D  J  U  C  Y  L  S  H
Z  Þ  L  X  K  S  E  D  I  H  H  H  Y  E
K  U  Æ  S  O  Á  K  I  E  K  T  A  F  I
Þ  R  S  V  R  B  N  A  T  M  B  U  J  L
Y  R  I  A  A  Y  C  Ý  P  T  I  N  A  B
D  U  L  N  T  R  H  Z  T  A  D  R  Ð  R
Ð  K  E  G  L  G  F  J  V  T  N  H  U  I
U  R  G  U  L  U  J  T  Y  N  A  D  R  G
G  E  U  R  I  R  U  T  L  A  S  W  I  Ð
B  T  R  E  V  A  G  U  H  Á  Ý  U  A  U
K  S  Í  T  A  M  A  R  D  J  L  E  O  R
S  T  O  L  T  U  R  A  F  R  Æ  G  U  R
N  Á  T  T  Ú  R  U  L  E  G  T  H  G  H
A  F  K  A  S  T  A  M  I  K  I  L  L  P
```

EKTA
SKAPANDI
LÝSANDI
DRAMATÍSK
ÞURR
GLÆSILEGUR
FRÆGUR
HEILBRIGÐUR
HEITT
SVANGUR

ÁHUGAVERT
NÁTTÚRULEGT
NÝTT
AFKASTAMIKILL
STOLTUR
ÁBYRGUR
SALTUR
SYFJAÐUR
STERKUR
VILLT

89 - Psychology

```
V  K  P  V  E  R  U  L  E  I  K  I  M  Ð
H  I  L  E  E  G  Ó  D  L  T  K  S  E  Ð
U  Z  T  Í  R  A  M  U  A  R  D  K  Ð  Q
G  G  A  S  N  S  O  X  O  S  T  Y  F  B
M  H  M  R  M  Í  Ó  Q  V  R  N  N  E  R
Y  V  O  N  S  U  S  N  U  D  U  J  R  E
N  J  D  N  P  A  N  K  U  N  Ð  U  Ð  Y
D  K  R  G  S  K  Y  I  I  L  G  N  U  N
I  N  B  E  B  S  X  T  X  O  E  Q  X  S
R  F  L  R  U  Æ  Á  T  Ö  K  H  I  Q  L
T  I  L  F  I  N  N  I  N  G  A  R  K  U
Q  R  N  I  G  R  N  H  D  B  S  A  V  I
Y  H  F  S  V  A  N  D  A  M  Á  L  V  G
J  Á  H  Æ  P  B  H  U  G  S  A  N  I  R
```

MAT	HUGMYNDIR
HEGÐUN	ÁHRIF
BARNÆSKA	SKYNJUN
KLÍNÍSK	PERSÓNULEIKI
VITSMUNI	VANDAMÁL
ÁTÖK	VERULEIKI
DRAUMAR	ÆSIFREGN
EGÓ	MEÐFERÐ
TILFINNINGAR	HUGSANIR
REYNSLU	

90 - Math

```
H U M M Á L H T B S Þ A U A
Þ J J A Ð A R E I H V U A F
P Þ Á T M S E C N S E K L E
K I V L H O D E D W R A S R
L O Ð B Í X Ð E I C M S R N
Ð R V P P Ð Ð G I G Á T Ú I
F T A D H E A Z U L L A M N
C N Ö Þ U D Z L A Z D F F G
A Ð I L H M A S O M N P R U
O J G S U Í D A R G N K Æ R
B R O T G R X N D A R K Ð H
A N B Ð Y S M F K M O A I Q
U F R E V H M A S U H L M C
Q K I J X Q W J R F L V D E
```

HORN	RÚMFRÆÐI
TÖLUR	SAMHLIÐA
UMMÁL	HJÁLÍÐALOGRAM
AUKASTAF	JAÐAR
ÞVERMÁL	RADÍUS
DEILD	FERNINGUR
JAFNA	SAMHVERFU
BROT	BINDI

91 - Activities

```
R  Á  Á  T  R  H  T  D  M  J  R  W  G  Ú
V  H  N  H  L  E  I  K  I  R  I  S  A  T
G  U  Æ  A  L  H  H  Q  V  G  Ð  L  R  J
A  G  G  N  M  J  L  I  S  T  R  Ö  Ð  Æ
Ð  A  J  D  K  W  Ó  U  X  K  E  K  Y  Ð
I  M  A  V  X  Q  V  S  H  A  F  U  R  A
E  Á  X  E  C  Ð  A  Þ  M  O  U  N  K  G
V  L  T  R  U  T  S  E  L  Y  G  S  J  L
E  V  S  K  G  Z  N  G  P  J  N  P  A  G
I  B  I  G  X  G  A  W  L  X  Ö  D  M  G
Ð  I  M  R  R  U  D  L  A  G  G  I  U  G
I  P  Í  W  K  E  N  S  A  U  M  A  H  N
B  N  T  G  E  N  K  E  R  A  M  I  K  P
A  B  C  Q  M  D  I  N  F  Æ  H  G  O  D
```

VIRKNI	VEIÐA
LIST	ÁHUGAMÁL
ÚTJÆÐA	TÍMIST
KERAMIK	GALDUR
HANDVERK	LJÓSMYNDUN
DANSA	ÁNÆGJA
VEIÐI	LESTUR
LEIKIR	SLÖKUN
GARÐYRKJA	SAUMA
GÖNGUFERÐIR	HÆFNI

92 - Business

```
S T A R F S M A Ð U R V R F
Z B I Z B S H O Q A U I F E
N O Ð R Ð V Z L I F Ð N J R
D H Æ G A W Ð B V S A N Á Í
V A R N I N G I Q L N U R L
Þ F F I K B R C S Á T V M Þ
P O G T Æ A U I Ö T S E Á Z
E T A S T B J M L T O I L B
N S H E R U K Y U U K T J Ú
I F V F I N E N G R V A E Ð
N I A R R A T T A K S N S Z
G R L Á Y F S E W G S D E Ð
A K H J F W T O T Þ R I I P
R S L F H A G N A Ð U R R Y
```

FERIL
FYRIRTÆKI
KOSTNAÐUR
MYNT
AFSLÁTTUR
HAGFRÆÐI
STARFSMAÐUR
VINNUVEITANDI
FJÁRMÁL

TEKJUR
FJÁRFESTING
VARNINGI
PENINGAR
SKRIFSTOFA
HAGNAÐUR
SÖLU
BÚÐ
SKATTAR

93 - The Company

```
R  G  A  T  T  Æ  H  Á  I  S  S  F  N  A
B  N  U  Ð  R  Ö  V  K  Á  Þ  K  R  Ý  L
P  I  Ð  C  Q  A  V  L  O  R  A  A  J  Þ
F  T  L  A  L  L  Ö  A  W  Ó  P  M  A  J
O  S  I  X  T  O  R  E  N  U  A  F  R  Ó
R  E  N  Ð  Ð  V  U  U  O  N  N  A  U  Ð
Ð  F  D  A  Æ  V  I  W  J  S  D  R  Ð  L
S  R  I  G  V  G  S  N  U  K  I  I  A  E
P  Á  R  G  G  V  W  M  N  Y  E  R  N  G
O  J  Q  R  U  G  E  L  G  A  F  T  Ð  T
R  F  Q  L  D  I  T  P  I  K  S  Ð  I  V
M  Ö  G  U  L  E  I  K  A  F  B  U  K  Y
E  I  N  I  N  G  A  R  M  W  X  Y  Þ  A
L  I  Q  H  Q  B  K  Y  N  N  I  N  G  I
```

VIÐSKIPTI	VÖRU
SKAPANDI	FAGLEGUR
ÁKVÖRÐUN	FRAMFARIR
ATVINNA	GÆÐI
ALÞJÓÐLEGT	ORÐSPOR
IÐNAÐUR	AUÐLINDIR
NÝJAR	TEKJUR
FJÁRFESTING	ÁHÆTTA
MÖGULEIKA	ÞRÓUN
KYNNING	EININGAR

94 - Literature

```
N  K  H  W  M  Y  N  D  L  Í  K  I  N  G
H  R  C  J  Ð  Ó  J  L  H  T  N  L  N  S
S  F  D  P  D  N  C  Í  Ö  Ð  Z  Ý  I  K
Þ  E  M  A  U  U  Þ  K  F  C  P  S  Ð  Á
S  T  A  K  T  U  R  I  U  E  Z  I  U  L
S  K  P  D  V  B  M  N  N  R  L  N  R  D
T  T  Á  W  J  J  H  G  D  U  J  G  S  S
Z  C  Í  L  Y  Q  W  A  U  Ð  Ó  N  T  K
Q  I  K  L  D  Q  F  R  R  A  Ð  I  A  A
L  D  E  I  D  S  T  O  D  M  R  N  Ð  P
Þ  H  Ð  Þ  Y  D  A  H  H  U  Æ  I  A  U
U  Ð  Æ  R  M  U  J  G  H  G  N  E  E  R
O  Ð  P  J  Í  D  V  T  A  Ö  Z  R  F  R
F  Þ  F  Þ  O  M  Æ  V  I  S  A  G  A  P
```

LÍKINGAR	MYNDLÍKING
GREINING	SÖGUMAÐUR
E.	SKÁLDSAGA
HÖFUNDUR	LJÓÐ
ÆVISAGA	LJÓÐRÆN
NIÐURSTAÐA	RÍM
LÝSING	TAKTUR
UMRÆÐU	STÍL
SKÁLDSKAPUR	ÞEMA

95 - Geography

```
Y  H  H  U  M  P  J  W  V  N  B  I  I  P
F  A  E  T  E  V  U  R  Ð  E  K  H  D  T
I  F  I  G  R  O  B  Z  D  N  S  H  Æ  Ð
R  H  M  G  I  N  N  U  F  L  Á  T  B  Y
R  S  U  P  D  V  Z  M  Q  F  Z  W  U  Q
Á  F  R  B  I  Ð  C  A  E  I  F  A  Z  R
Ð  X  G  D  A  S  Ð  T  H  K  R  R  O  Q
A  J  Y  E  N  K  J  L  K  S  R  S  J  Ó
S  K  M  P  I  A  I  A  B  I  A  R  E  A
V  O  F  J  A  L  L  S  R  U  Ð  R  O  N
Æ  R  E  V  I  R  E  U  E  N  R  Æ  M  S
Ð  T  F  T  A  U  H  S  I  K  A  Y  V  W
I  I  Z  H  U  X  A  O  D  X  J  R  X  S
S  U  Ð  U  R  P  L  Ð  D  C  T  Ð  V  Y
```

HÆÐ	FJALL
ATLAS	NORÐUR
BORG	HAF
ÁLFUNNI	SVÆÐI
LAND	RIVER
JARÐAR	SJÓ
EYJA	SUÐUR
BREIDD	YFIRRÁÐASVÆÐI
KORT	VESTUR
MERIDIAN	HEIMUR

96 - Pets

```
M A T U R K G C O N Z F A P
V A T N K X L R G R T M Y Á
T D Z M A Q R Æ G D X I A F
K Ý R Ú N F F Z R Y M N E A
Þ P U S Í X K R U T T Ö K G
O B D Z N X D Ð T H K V M A
I D N O A Y U S S Y A F B U
N J U U L Ð T K M T G H Ð K
K R H M Þ Z G X A H A L I U
J Y L F F D D D H Ð R L J R
K E T T L I N G U R K C Ð M
F I S K U R W Q Y R W F C E
H V O L P U R U M U A T T J
D Ý R A L Æ K N I R Þ U A I
```

KÖTTUR   TAUMUR
KLÆR   EÐLA
KRAGA   MÚS
KÝR   PÁFAGAUKUR
HUNDUR   HVOLPUR
FISKUR   KANÍNA
MATUR   HALI
GEIT   DÝRALÆKNIR
HAMSTUR   VATN
KETTLINGUR

97 - Jazz

```
L U L I S T A M A Ð U R T E
A L N D L Á K S N Ó T U Æ F
G R A K I E L N Ó T Ö M K T
P Z T M C T S X Þ T L M N I
W S S K A U Ð P K V P O I R
C T S X D G H H U H M R S L
H N Ý T T T S I L N Ó T T Æ
H L J Ó M S V E I T I J Í T
J A W P P A L K A F Ó L L I
D Á H E R S L A E R T Þ P Ð
Z T I K I E L I F Æ H I T F
T A K T U R K F B G G S Q W
M P V G K B Þ Ð Y U O S B U
S Q Z I N Q C G X R I P N A
```

PLÖTU	TÓNLIST
LÓFAKLAPP	NÝTT
LISTAMAÐUR	GAMALL
TÓNSKÁLD	HLJÓMSVEIT
TÓNLEIKAR	TAKTUR
TROMMUR	LAG
ÁHERSLA	STÍL
FRÆGUR	HÆFILEIKI
EFTIRLÆTI	TÆKNI
SPUNI	

98 - Nature

```
R O F K L E T T A R N J D T
F Ý T G L H Ð V S F A Ö M G
G L D K Ð P R K U Ð Ý K S Þ
T E T R U G U L F Ý B U O H
L E C Ö U T G E L F Í L K Þ
Æ W H M D Þ E E A X Ð L V R
S R H I O S F W C V I L L T
Ð E Z Ð A U L K I V K P S B
I F R Y P C D A P A Y R K Z
R V C E B Y H Y O V Y Þ Ó E
F P Ð S N T U Þ R X O B G M
R I V E R E C B T O N C U D
A R K T Í S K U R J G Z R H
I J N I H E L G I D Ó M U R
```

DÝR	SM
ARKTÍSKUR	SKÓGUR
FEGURÐ	JÖKULL
BÝFLUGUR	FRIÐSÆLT
KLETTAR	RIVER
SKÝ	HELGIDÓMUR
EYÐIMÖRK	SERENE
KVIK	TROPICAL
ROF	LÍFLEGT
ÞOKA	VILLT

99 - Vacation #2

```
Á  F  A  N  G  A  S  T  A  Ð  U  R  T  Ú
F  R  Í  F  F  D  S  R  I  R  D  U  Í  T
E  U  S  H  J  J  Ð  O  A  E  B  L  M  L
E  G  K  Ð  H  A  Ö  K  Z  F  V  L  I  E
Y  N  L  E  S  T  R  L  G  M  E  Ö  S  N
J  Ö  T  H  F  S  R  A  L  Y  G  V  T  D
A  G  A  F  Ó  B  X  E  C  N  A  G  I  I
N  M  X  P  B  T  M  G  S  D  B  U  U  N
U  A  I  C  H  S  E  D  W  I  R  L  B  G
J  S  B  S  O  J  Ð  L  Ð  R  É  F  G  U
O  Q  Þ  N  Y  Ó  C  A  D  K  F  R  Þ  R
Ú  T  J  Æ  Ð  A  T  J  F  R  Y  Z  A  U
P  V  P  X  K  L  M  T  V  I  B  D  P  U
C  L  Y  B  E  R  L  E  N  D  U  M  R  N
```

FLUGVÖLLUR	TÍMIST
FJARA	KORT
ÚTJÆÐA	FJÖLL
ÁFANGASTAÐUR	VEGABRÉF
ERLENDUM	MYNDIR
ÚTLENDINGUR	SJÓ
FRÍ	TAXI
HÓTEL	TJALD
EYJA	LEST
FERÐ	SAMGÖNGUR

100 - Electricity

```
R A F M A G N S U N Í M S J
J Á K V Æ T T O B K O P J Y
S P J L A R S V B M I U Ó E
C R D Q Z V D E W T Z X N O
P L T L Z Y S M G X O G V T
Þ E F V K P R S I U S M A Q
I K R I V F A R A L L J R V
B Q B U K R M N Ð E B L P M
I N N S T U N G A Y L C D V
T P N E T Ð R A L S M Y E G
U Y M V N A Q M H I P O L A
L E B A K N Q Þ F R S Í M I
H J W Q L Ú L L A F A R Í V
Þ X Þ Q M B D Y R Z S J P P
```

RAFHLAÐA	MÍNUS
PERU	NET
KABEL	HLUTI
RAFMAGNS	JÁKVÆTT
RAFVIRKI	MAGN
BÚNAÐUR	INNSTUNGA
RAFALL	GEYMSLA
LAMPI	SÍMI
LEYSIR	SJÓNVARP
SEGULL	VÍR

1 - Antiques

2 - Food #1

3 - Measurements

4 - Farm #2

5 - Books

6 - Meditation

7 - Days and Months

8 - Energy

9 - Chess

10 - Archeology

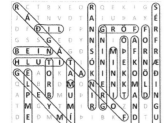

11 - Food #2

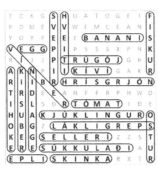

12 - Chemistry

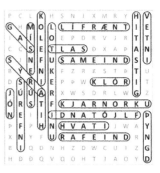

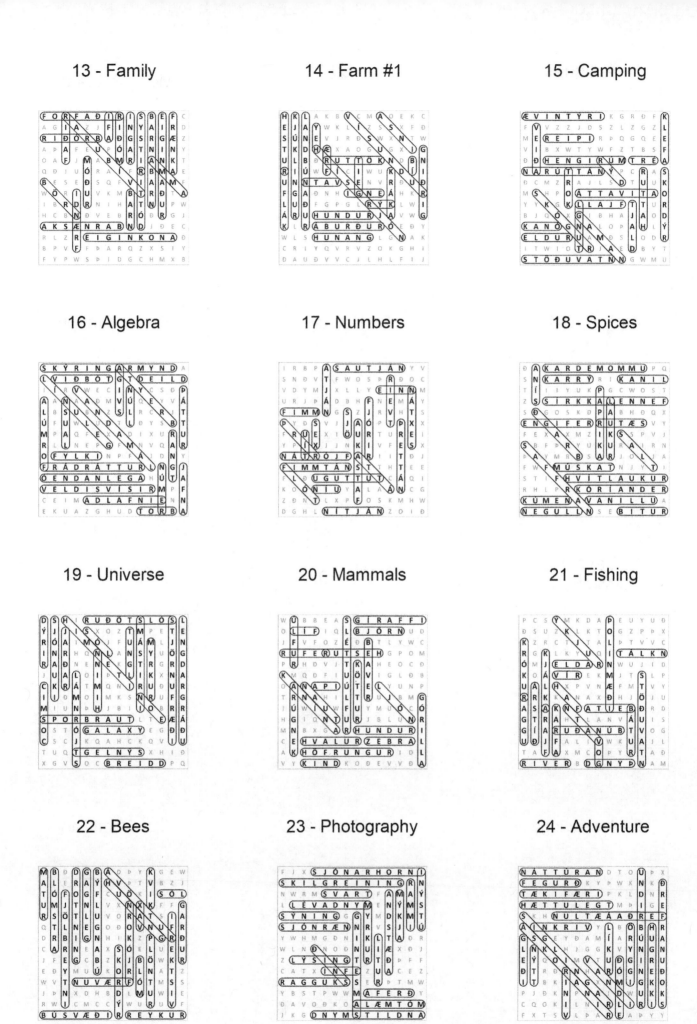

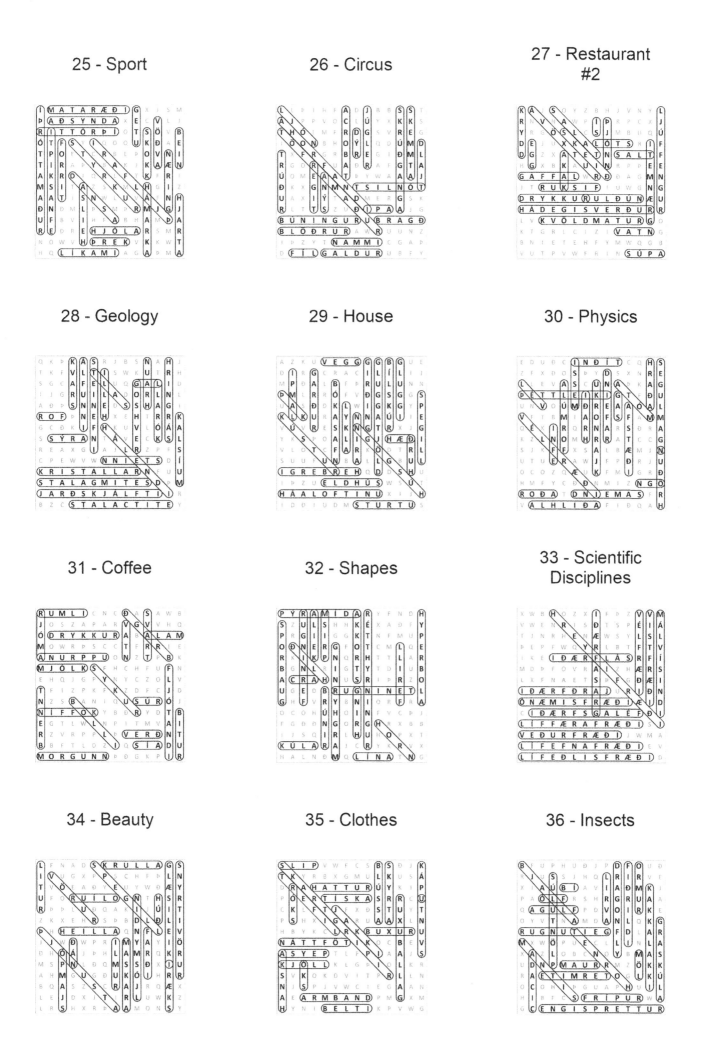

25 - Sport

26 - Circus

27 - Restaurant #2

28 - Geology

29 - House

30 - Physics

31 - Coffee

32 - Shapes

33 - Scientific Disciplines

34 - Beauty

35 - Clothes

36 - Insects

37 - Astronomy

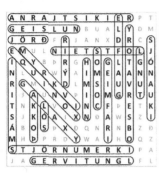

38 - Health and Wellness #2

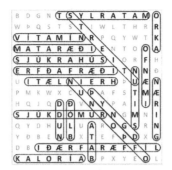

39 - Time

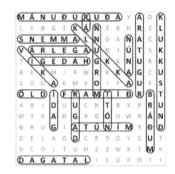

40 - Buildings

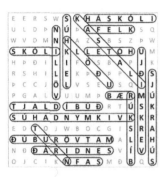

41 - Philanthropy

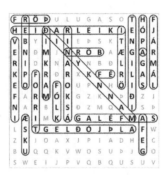

42 - Gardening

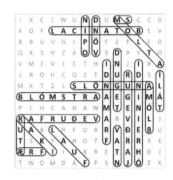

43 - Herbalism

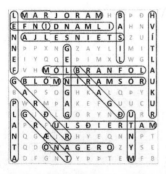

44 - Vehicles

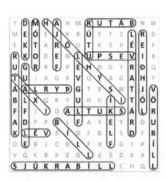

45 - Flowers

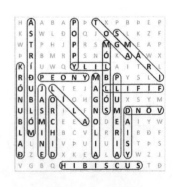

46 - Health and Wellness #1

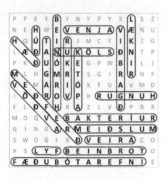

47 - Town

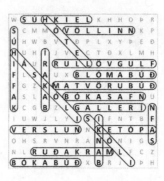

48 - Antarctica

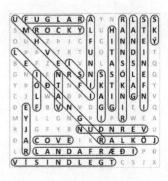

49 - Ballet

50 - Fashion

51 - Human Body

52 - Musical Instruments

53 - Fruit

54 - Virtues #1

55 - Engineering

56 - Kitchen

57 - Government

58 - Art Supplies

59 - Science Fiction

60 - Geometry

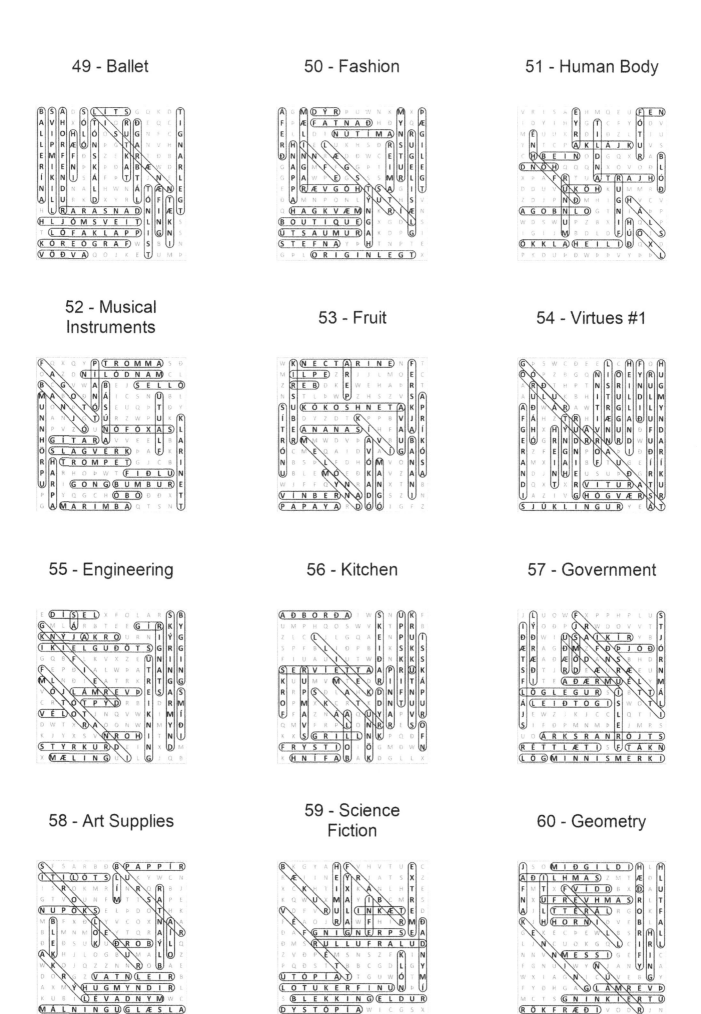

61 - Airplanes

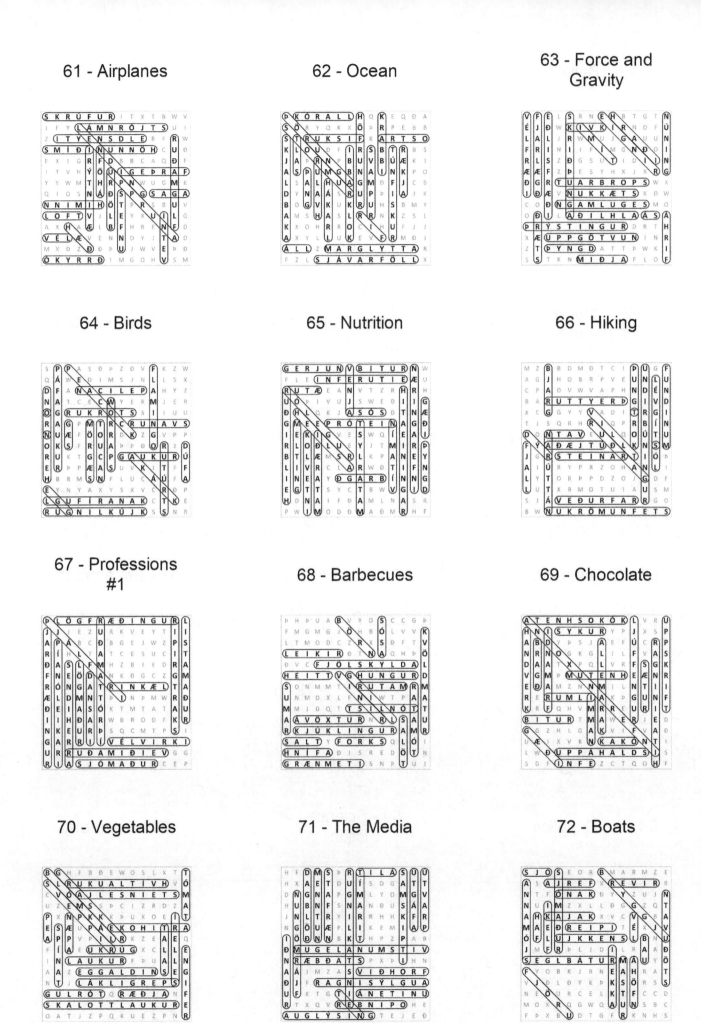

62 - Ocean

63 - Force and Gravity

64 - Birds

65 - Nutrition

66 - Hiking

67 - Professions #1

68 - Barbecues

69 - Chocolate

70 - Vegetables

71 - The Media

72 - Boats

73 - Activities and Leisure

74 - Driving

75 - Professions #2

76 - Emotions

77 - Mythology

78 - Hair Types

79 - Garden

80 - Diplomacy

81 - Countries #1

82 - Adjectives #1

83 - Rainforest

84 - Landscapes

85 - Plants

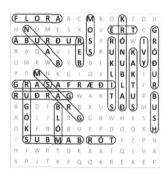

86 - Boxing

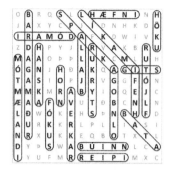

87 - Countries #2

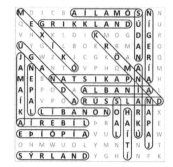

88 - Adjectives #2

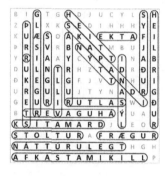

89 - Psychology

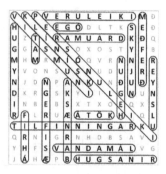

90 - Math

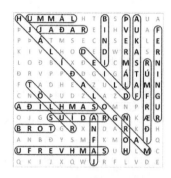

91 - Activities

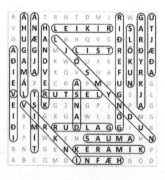

92 - Business

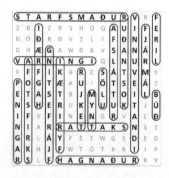

93 - The Company

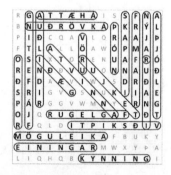

94 - Literature

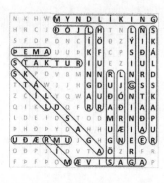

95 - Geography

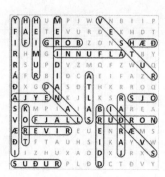

96 - Pets

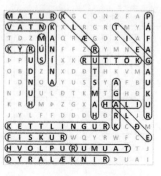

97 - Jazz

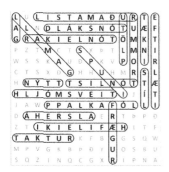

98 - Nature

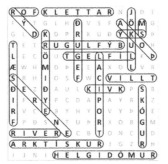

99 - Vacation #2

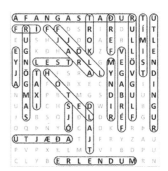

100 - Electricity

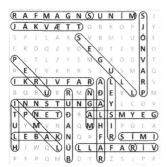

Dictionary

Activities
Starfsemi

Activity	Virkni
Art	List
Camping	Útjæða
Ceramics	Keramik
Crafts	Handverk
Dancing	Dansa
Fishing	Veiði
Games	Leikir
Gardening	Garðyrkja
Hiking	Gönguferðir
Hunting	Veiða
Interests	Áhugamál
Leisure	Tímist
Magic	Galdur
Photography	Ljósmyndun
Pleasure	Ánægja
Reading	Lestur
Relaxation	Slökun
Sewing	Sauma
Skill	Hæfni

Activities and Leisure
Starfsemi og Tómstundir

Art	List
Baseball	Hafnabolti
Basketball	Körfubolti
Boxing	Hnefaleikar
Camping	Útjæða
Diving	Köfun
Fishing	Veiði
Gardening	Garðyrkja
Golf	Golf
Hiking	Gönguferðir
Hobbies	Áhugamál
Painting	Málverk
Racing	Kappakstur
Relaxing	Afslappandi
Shopping	Versla
Soccer	Fótbolti
Swimming	Sund
Tennis	Tennis
Travel	Ferðast
Volleyball	Blak

Adjectives #1
Lýsingarorð #1

Absolute	Alger
Ambitious	Metnaðarlegt
Aromatic	Ilmandi
Artistic	Listrænn
Attractive	Aðlaðandi
Beautiful	Falleg
Dark	Myrkur
Exotic	Framandi
Generous	Örlátur
Happy	Hamingjusamur
Heavy	Þungt
Helpful	Hjálpsamur
Honest	Heiðarlegur
Identical	Sömu
Important	Mikilvægt
Modern	Nútíma
Serious	Alvarlegt
Slow	Hægt
Thin	Þunnur
Valuable	Dýrmætur

Adjectives #2
Lýsingarorð #2

Authentic	Ekta
Creative	Skapandi
Descriptive	Lýsandi
Dramatic	Dramatísk
Dry	Þurr
Elegant	Glæsilegur
Famous	Frægur
Healthy	Heilbrigður
Hot	Heitt
Hungry	Svangur
Interesting	Áhugavert
Natural	Náttúrulegt
New	Nýtt
Productive	Afkastamikill
Proud	Stoltur
Responsible	Ábyrgur
Salty	Saltur
Sleepy	Syfjaður
Strong	Sterkur
Wild	Villt

Adventure
Ævintýri

Activity	Virkni
Beauty	Fegurð
Bravery	Hugrekki
Challenges	Áskoranir
Chance	Líkur
Dangerous	Hættulegt
Destination	Áfangastaður
Difficulty	Vandi
Enthusiasm	Eldmóð
Excursion	Skoðunarferð
Friends	Vinir
Itinerary	Ferðaáætlun
Joy	Gleði
Nature	Náttúran
Navigation	Siglingar
New	Nýtt
Opportunity	Tækifæri
Preparation	Undirbúningur
Safety	Öryggi
Unusual	Óvenjulegt

Airplanes
Flugvélar

Adventure	Ævintýri
Air	Loft
Atmosphere	Stjórnmál
Balloon	Blöðru
Construction	Smíði
Crew	Áhöfn
Descent	Uppruna
Design	Hönnun
Direction	Stefnu
Engine	Vél
Fuel	Eldsneyti
Height	Hæð
History	Saga
Hydrogen	Vetni
Landing	Lending
Passenger	Farþegi
Pilot	Flugmaður
Propellers	Skrúfur
Sky	Himinn
Turbulence	Ókyrrð

Algebra
Algebru

Addition	Viðbót
Diagram	Skýringarmynd
Division	Deild
Equation	Jafna
Exponent	Veldisvísir
Factor	Þáttur
False	Rangt
Formula	Formúla
Fraction	Brot
Infinite	Óendanlega
Linear	Línuleg
Matrix	Fylki
Number	Númer
Parenthesis	Sviga
Problem	Vandamál
Simplify	Einfalda
Solution	Lausn
Subtraction	Frádráttur
Variable	Breyta
Zero	Núll

Antarctica
Suðurskautslandið

Bay	Flói
Birds	Fuglar
Clouds	Ský
Conservation	Verndun
Continent	Álfunni
Cove	Cove
Environment	Umhverfi
Expedition	Leiðangur
Geography	Landafræði
Glaciers	Jöklar
Ice	Ís
Islands	Eyjar
Minerals	Steinefni
Peninsula	Skagi
Researcher	Rannsóknir
Rocky	Rocky
Scientific	Vísindlegt
Temperature	Hitastig
Topography	Landslag
Water	Vatn

Antiques
Fornminjar

Art	List
Auction	Uppboð
Authentic	Ekta
Century	Öld
Coins	Mynt
Decades	Áratugi
Decorative	Skreytingar
Elegant	Glæsilegur
Furniture	Húsgögn
Gallery	Gallerí
Investment	Fjárfesting
Jewelry	Skartgripir
Old	Gamall
Price	Verð
Quality	Gæði
Restoration	Endurreisn
Sculpture	Höggmynd
Style	Stíl
Unusual	Óvenjulegt
Value	Virði

Archeology
Fornleifafræði

Analysis	Greining
Ancient	Forn
Antiquity	Fornöld
Bones	Bein
Civilization	Siðmenning
Descendant	Afkomandi
Era	Tímum
Evaluation	Mat
Expert	Sérfræðingur
Findings	Niðurstöður
Forgotten	Gleymt
Fragments	Brot
Mystery	Ráðgáta
Objects	Hluti
Relic	Minni
Researcher	Rannsóknir
Team	Lið
Temple	Temple
Tomb	Gröf
Unknown	Óþekkt

Art Supplies
List Vistir

Acrylic	Akrýl
Brushes	Burstar
Camera	Myndavél
Chair	Stól
Charcoal	Kol
Clay	Leir
Colors	Liti
Creativity	Sköpun
Easel	Glæsla
Eraser	Strokleður
Glue	Lím
Ideas	Hugmyndir
Ink	Blek
Oil	Olía
Paints	Málningu
Paper	Pappír
Pencils	Blýantar
Table	Borð
Water	Vatn
Watercolors	Vatnslitir

Astronomy
Stjörnufræði

Asteroid	Smástirni
Astronaut	Geimfari
Constellation	Stjörnumerki
Cosmos	Cosmos
Earth	Jörð
Eclipse	Myrkvi
Equinox	Equinox
Galaxy	Galaxy
Meteor	Loftstein
Moon	Tungl
Nebula	Þokka
Observatory	Observatory
Planet	Reikistjarna
Radiation	Geislun
Rocket	Eldflaug
Satellite	Gervitungl
Sky	Himinn
Solar	Sól
Telescope	Sjónauki
Zodiac	Dýrir

Ballet
Ballett

Applause	Lófaklapp
Artistic	Listrænn
Audience	Áhorfendur
Ballerina	Ballerína
Choreography	Kóreógraf
Composer	Tónskáld
Dancers	Dansarar
Expressive	Svipmikill
Gesture	Látbragð
Graceful	Tignarlegt
Intensity	Styrkleiki
Muscles	Vöðva
Music	Tónlist
Orchestra	Hljómsveit
Practice	Æfing
Rhythm	Taktur
Skill	Hæfni
Solo	Sóló
Style	Stíl
Technique	Tækni

Barbecues
Grillveislur

Chicken	Kjúklingur
Children	Börn
Dinner	Kvöldmatur
Family	Fjölskylda
Food	Matur
Forks	Forks
Friends	Vinir
Fruit	Ávöxtur
Games	Leikir
Grill	Grill
Hot	Heitt
Hunger	Hungur
Knives	Hnífa
Music	Tónlist
Salads	Salöt
Salt	Salt
Sauce	Sósa
Summer	Sumar
Tomatoes	Tómatar
Vegetables	Grænmeti

Beauty
Fegurð

Charm	Heilla
Color	Litur
Cosmetics	Snyrtivörur
Curls	Krulla
Elegance	Glæsileiki
Elegant	Glæsilegur
Fragrance	Ilmur
Grace	Náð
Lipstick	Varalitur
Makeup	Farði
Mascara	Maskara
Mirror	Spegill
Oils	Olíur
Photogenic	Ljósmyndin
Products	Vörur
Scissors	Skæri
Services	Þjónusta
Shampoo	Sjampó
Skin	Húð
Stylist	Stílisti

Bees
Býflugur

Beneficial	Gagnleg
Blossom	Blómstra
Diversity	Fjölbreytni
Ecosystem	Vistkerfi
Flowers	Blóm
Food	Matur
Fruit	Ávöxtur
Garden	Garður
Habitat	Búsvæði
Hive	Býflugnabú
Honey	Hunang
Insect	Skordýr
Plants	Plöntur
Pollen	Frjókorn
Pollinator	Frævun
Queen	Drottning
Smoke	Reykur
Sun	Sól
Swarm	Kvik
Wax	Vax

Birds
Fuglar

Canary	Kanarífugl
Chicken	Kjúklingur
Crow	Kráka
Cuckoo	Gaukur
Dove	Dúfa
Duck	Önd
Eagle	Örn
Egg	Egg
Flamingo	Flamingo
Goose	Gæs
Heron	Heron
Ostrich	Strútur
Parrot	Páfagaukur
Peacock	Peacock
Pelican	Pelican
Penguin	Mörgæs
Sparrow	Sparrow
Stork	Storkur
Swan	Svanur
Toucan	Toucan

Boats
Bátar

Anchor	Akkeri
Buoy	Bau
Canoe	Kanó
Crew	Áhöfn
Dock	Bryggju
Engine	Vél
Ferry	Ferja
Kayak	Kajak
Lake	Stöðuvatn
Mast	Mastur
Nautical	Sjómanna
Ocean	Haf
Raft	Fleki
River	River
Rope	Reipi
Sailboat	Seglbátur
Sailor	Sjómaður
Sea	Sjó
Tide	Fjöru
Yacht	Snekkju

Books
Bækur

Adventure	Ævintýri
Author	Höfundur
Collection	Safn
Context	Samhengi
Duality	Tvíeðli
Epic	Epic
Historical	Sögulegt
Humorous	Gamansamur
Inventive	Frumleg
Literary	Bókmennta
Narrator	Sögumaður
Novel	Skáldsaga
Page	Síða
Poem	Ljóð
Reader	Lesandi
Relevant	Viðeigandi
Series	Röð
Story	Saga
Tragic	Hörmulega
Written	Skrifað

Boxing
Hnefaleikar

Bell	Bjalla
Body	Líkami
Chin	Höku
Corner	Horn
Elbow	Olnboga
Exhausted	Búinn
Fighter	Bardagamaður
Fist	Hnefi
Focus	Fókus
Gloves	Hanska
Injuries	Áverkar
Kick	Sparka
Opponent	Mótmælandi
Points	Stig
Quick	Fljótur
Recovery	Bata
Referee	Dómari
Ropes	Reipi
Skill	Hæfni
Strength	Styrkur

Buildings
Byggingar

Apartment	Íbúð
Barn	Hlöðu
Cabin	Klefa
Castle	Kastali
Cinema	Kvikmyndahús
Embassy	Sendiráð
Factory	Verksmiðju
Farm	Bær
Garage	Bílskúr
Hospital	Sjúkrahús
Hotel	Hótel
Museum	Safn
Observatory	Observatory
School	Skóli
Stadium	Völlinn
Supermarket	Matvörubúð
Tent	Tjald
Theater	Leikhús
Tower	Turn
University	Háskóli

Business
Viðskipti

Career	Feril
Company	Fyrirtæki
Cost	Kostnaður
Currency	Mynt
Discount	Afsláttur
Economics	Hagfræði
Employee	Starfsmaður
Employer	Vinnuveitandi
Factory	Verksmiðju
Finance	Fjármál
Income	Tekjur
Investment	Fjárfesting
Merchandise	Varningi
Money	Peningar
Office	Skrifstofa
Profit	Hagnaður
Sale	Sölu
Shop	Búð
Taxes	Skattar
Transaction	Viðskipti

Camping
Tjaldstæði

Adventure	Ævintýri
Animals	Dýr
Cabin	Klefa
Canoe	Kanó
Compass	Áttavita
Fire	Eldur
Forest	Skógur
Fun	Gaman
Hammock	Hengirúm
Hat	Hattur
Hunting	Veiða
Insect	Skordýr
Lake	Stöðuvatn
Map	Kort
Moon	Tungl
Mountain	Fjall
Nature	Náttúran
Rope	Reipi
Tent	Tjald
Trees	Tré

Chemistry
Efnafræði

Acid	Sýra
Alkaline	Súr
Atomic	Lotukerfinu
Carbon	Kolefni
Catalyst	Hvati
Chlorine	Klór
Electron	Rafeind
Enzyme	Ensím
Gas	Gas
Heat	Hita
Hydrogen	Vetni
Ion	Jón
Liquid	Fljótandi
Molecule	Sameind
Nuclear	Kjarnorku
Organic	Lífrænt
Oxygen	Súrefni
Salt	Salt
Temperature	Hitastig
Weight	Þyngd

Chess
Skák

Black	Svart
Challenges	Áskoranir
Champion	Meistari
Clever	Snjall
Contest	Keppni
Diagonal	Ská
Game	Leikur
King	Konungur
Opponent	Mótmælandi
Passive	Aðgerðalaus
Player	Leikmaður
Points	Stig
Queen	Drottning
Rules	Reglur
Sacrifice	Fórn
Strategy	Stefnu
Time	Tími
To Learn	Að Læra
Tournament	Mót
White	Hvítur

Chocolate
Súkkulaði

Antioxidant	Andoxunarefni
Aroma	Ilmur
Artisanal	Handverk
Bitter	Bitur
Cacao	Kakó
Calories	Hitaeiningar
Candy	Nammi
Caramel	Karamella
Coconut	Kókoshneta
Delicious	Ljúffengur
Exotic	Framandi
Favorite	Uppáhalds
Ingredient	Efni
Peanuts	Hnetum
Quality	Gæði
Recipe	Uppskrift
Sugar	Sykur
Sweet	Sætur
Taste	Bragð
To Eat	Að Borða

Circus
Sirkus

Acrobat	Acrobat
Animals	Dýr
Balloons	Blöðrur
Candy	Nammi
Clown	Trúður
Costume	Búningur
Elephant	Fíl
Entertain	Skemmta
Juggler	Júgler
Lion	Ljón
Magic	Galdur
Magician	Töframaður
Monkey	Api
Music	Tónlist
Parade	Skrúðganga
Show	Sýna
Spectator	Áhorfandi
Tent	Tjald
Tiger	Tiger
Trick	Bragð

Clothes
Fötin

Apron	Svuntu
Belt	Belti
Blouse	Blússa
Bracelet	Armband
Coat	Kápu
Dress	Kjóll
Fashion	Tíska
Gloves	Hanska
Hat	Hattur
Jacket	Jakki
Jeans	Gallabuxur
Jewelry	Skartgripir
Pajamas	Náttföt
Pants	Buxur
Sandals	Skó
Scarf	Trefil
Shirt	Skyrta
Shoe	Skór
Skirt	Pils
Sweater	Peysa

Coffee
Kaffi

Acidic	Súr
Aroma	Ilmur
Beverage	Drykkur
Bitter	Bitur
Black	Svart
Caffeine	Koffín
Cream	Rjóma
Cup	Bolli
Filter	Sía
Flavor	Bragð
Grind	Mala
Liquid	Fljótandi
Milk	Mjólk
Morning	Morgunn
Origin	Uppruna
Price	Verð
Roasted	Brennt
Sugar	Sykur
Variety	Fjölbreytni
Water	Vatn

Countries #1
Löndum #1

Brazil	Brasilía
Canada	Kanada
Egypt	Egyptaland
Finland	Finnland
Germany	Þýskaland
Iraq	Írak
Israel	Ísrael
Italy	Ítalía
Latvia	Lettland
Libya	Líbýa
Morocco	Marokkó
Nicaragua	Níkaragva
Norway	Noregur
Panama	Panama
Poland	Pólland
Romania	Rúmenía
Senegal	Senegal
Spain	Spánn
Venezuela	Venesúela
Vietnam	Víetnam

Countries #2
Löndum #2

Albania	Albanía
Denmark	Danmörk
Ethiopia	Eþíópía
Greece	Grikkland
Haiti	Haítí
Jamaica	Jamaíka
Japan	Japan
Laos	Laos
Lebanon	Líbanon
Liberia	Líbería
Mexico	Mexíkó
Nepal	Nepal
Nigeria	Nígería
Pakistan	Pakistan
Russia	Rússland
Somalia	Sómalía
Sudan	Súdan
Syria	Sýrland
Uganda	Úganda
Ukraine	Úkraína

Days and Months
Dagar og Mánuðir

April	Apríl
August	Ágúst
Calendar	Dagatal
February	Febrúar
Friday	Föstudagur
January	Janúar
July	Júlí
March	Mars
Monday	Mánudagur
Month	Mánuður
November	Nóvember
October	Október
Saturday	Laugardagur
September	September
Sunday	Sunnudagur
Thursday	Fimmtudagur
Tuesday	Þriðjudagur
Wednesday	Miðvikudagur
Week	Vika
Year	Ár

Diplomacy
Samningaviðræðum

Adviser	Ráðgjafi
Ambassador	Sendiherra
Citizens	Borgarar
Civic	Civic
Community	Samfélag
Conflict	Átök
Cooperation	Samstarf
Diplomatic	Diplomatic
Discussion	Umræða
Embassy	Sendiráð
Ethics	Siðfræði
Government	Ríkisstjórn
Humanitarian	Mannræði
Integrity	Heilindi
Justice	Réttlæti
Politics	Stjórnmál
Resolution	Ályktun
Security	Öryggi
Solution	Lausn
Treaty	Sáttmáli

Driving
Akstur

Accident	Slys
Brakes	Bremsur
Car	Bíll
Danger	Hætta
Driver	Bílstjóri
Fuel	Eldsneyti
Garage	Bílskúr
Gas	Gas
License	Leyfi
Map	Kort
Motor	Mótor
Motorcycle	Mótorhjól
Pedestrian	Gangandi
Police	Lögreglan
Road	Vegur
Safety	Öryggi
Speed	Hraði
Traffic	Umferð
Truck	Vörubíll
Tunnel	Göng

Electricity
Rafmagn

Battery	Rafhlaða
Bulb	Peru
Cable	Kabel
Electric	Rafmagns
Electrician	Rafvirki
Equipment	Búnaður
Generator	Rafall
Lamp	Lampi
Laser	Leysir
Magnet	Segull
Negative	Mínus
Network	Net
Objects	Hluti
Positive	Jákvætt
Quantity	Magn
Socket	Innstunga
Storage	Geymsla
Telephone	Sími
Television	Sjónvarp
Wires	Vír

Emotions
Tilfinningar

Anger	Reiði
Bliss	Sæla
Boredom	Leiðindi
Calm	Logn
Content	Efni
Embarrassed	Vandræðalegur
Excited	Spennt
Fear	Ótti
Grateful	Þakklátur
Joy	Gleði
Kindness	Góðvild
Love	Ást
Peace	Friður
Relaxed	Afslappaður
Relief	Léttir
Sadness	Sorg
Satisfied	Fullnægt
Sympathy	Samúð
Tenderness	Eymsli
Tranquility	Ró

Energy
Orka

Battery	Rafhlaða
Carbon	Kolefni
Diesel	Dísel
Electric	Rafmagns
Electron	Rafeind
Engine	Vél
Entropy	Óreiða
Environment	Umhverfi
Fuel	Eldsneyti
Gasoline	Bensín
Heat	Hita
Hydrogen	Vetni
Industry	Iðnaður
Motor	Mótor
Nuclear	Kjarnorku
Photon	Ljóseind
Pollution	Mengun
Renewable	Endurnýjanleg
Turbine	Túrbína
Wind	Vindur

Engineering
Verkfræði

Angle	Horn
Axis	Ás
Calculation	Útreikning
Construction	Smíði
Depth	Dýpt
Diagram	Skýringarmynd
Diameter	Þvermál
Diesel	Dísel
Distribution	Dreifing
Energy	Orka
Gears	Gír
Levers	Stangir
Liquid	Fljótandi
Machine	Vél
Measurement	Mæling
Motor	Mótor
Propulsion	Knýja
Stability	Stöðugleiki
Strength	Styrkur
Structure	Bygging

Family
Fjölskylda

Ancestor	Forfaðir
Aunt	Frænka
Brother	Bróðir
Child	Barn
Childhood	Barnæska
Children	Börn
Daughter	Dóttir
Father	Faðir
Grandchild	Barnabarn
Grandfather	Afi
Grandmother	Amma
Husband	Eiginmaður
Maternal	Móður
Mother	Móðir
Nephew	Frændi
Paternal	Ingar
Sister	Systir
Twins	Tvíburar
Uncle	Frændi
Wife	Eiginkona

Farm #1
Bær #1

Agriculture	Landbúnaður
Bee	Bí
Bison	Vísundur
Calf	Kálfur
Cat	Köttur
Chicken	Kjúklingur
Cow	Kýr
Crow	Kráka
Dog	Hundur
Donkey	Asni
Fence	Girðing
Fertilizer	Áburður
Field	Engi
Goat	Geit
Hay	Hey
Honey	Hunang
Horse	Hestur
Rice	Hrísgrjón
Seeds	Fræ
Water	Vatn

Farm #2
Bær #2

Animals	Dýr
Barley	Bygg
Barn	Hlöðu
Corn	Korn
Duck	Önd
Farmer	Bóndi
Food	Matur
Fruit	Ávöxtur
Irrigation	Áveitu
Lamb	Lamb
Llama	Lamadýr
Meadow	Engi
Milk	Mjólk
Orchard	Aldingarður
Sheep	Kind
Shepherd	Hirðir
Tractor	Dráttarvél
Vegetable	Grænmeti
Wheat	Hveiti
Windmill	Vindmylla

Fashion
Tíska

Affordable	Hagkvæm
Boutique	Boutique
Buttons	Hnappa
Clothing	Fatnað
Comfortable	Þægilegt
Elegant	Glæsilegur
Embroidery	Útsaumur
Expensive	Dýr
Fabric	Efni
Lace	Reima
Measurements	Mælingar
Minimalist	Lægstur
Modern	Nútíma
Modest	Hógvær
Original	Originlegt
Pattern	Mynstur
Practical	Hagnýt
Style	Stíl
Texture	Áferð
Trend	Stefna

Fishing
Veiðar

Bait	Beita
Basket	Karfa
Beach	Fjara
Boat	Bátur
Cook	Elda
Equipment	Búnaður
Exaggeration	Ýkjur
Fins	Uggar
Gills	Tálkn
Hook	Krókur
Jaw	Kjálka
Lake	Stöðuvatn
Ocean	Haf
Patience	Þolinmæði
River	River
Scales	Vog
Season	Árstíð
Water	Vatn
Weight	Þyngd
Wire	Vír

Flowers
Blóm

Bouquet	Vönd
Calendula	Calendula
Clover	Smári
Daisy	Daisy
Dandelion	Fífill
Gardenia	Toga
Hibiscus	Hibiscus
Jasmine	Jasmine
Lavender	Lofnarblóm
Lilac	Líla
Lily	Lily
Magnolia	Magnolia
Orchid	Orchid
Passionflower	Ástríðublóm
Peony	Peony
Petal	Krónublað
Plumeria	Plumeria
Poppy	Poppy
Sunflower	Sólblóm
Tulip	Túlipan

Food #1
Matur #1

Apricot	Apríkósa
Barley	Bygg
Basil	Basil
Carrot	Gulrót
Cinnamon	Kanil
Garlic	Hvítlaukur
Juice	Safa
Lemon	Sítrónu
Milk	Mjólk
Onion	Laukur
Peanut	Hnetu
Pear	Pera
Salad	Salat
Salt	Salt
Soup	Súpa
Spinach	Spínat
Strawberry	Jarðarber
Sugar	Sykur
Tuna	Túnfiskur
Turnip	Næpa

Food #2
Matur #2

Apple	Epli
Artichoke	Artihoke
Banana	Banani
Broccoli	Spergilkál
Celery	Sellerí
Cheese	Ostur
Cherry	Kirsuber
Chicken	Kjúklingur
Chocolate	Súkkulaði
Egg	Egg
Eggplant	Eggaldin
Fish	Fiskur
Grape	Vínber
Ham	Skinka
Kiwi	Kíví
Mushroom	Sveppir
Rice	Hrísgrjón
Tomato	Tómat
Wheat	Hveiti
Yogurt	Jógúrt

Force and Gravity
Kraftur og Þyngdarafl

Axis	Ás
Center	Miðja
Discovery	Uppgötvun
Distance	Fjarlægð
Dynamic	Kvik
Expansion	Stækkun
Friction	Núning
Impact	Áhrif
Magnetism	Segulmagn
Magnitude	Stærð
Mechanics	Vélfræði
Momentum	Skriðþunga
Orbit	Sporbraut
Physics	Eðlisfræði
Pressure	Þrýstingur
Properties	Eignir
Speed	Hraði
Time	Tími
Universal	Alhliða
Weight	Þyngd

Fruit
Ávextir

Apple	Epli
Apricot	Apríkósa
Avocado	Avókadó
Banana	Banani
Berry	Ber
Cherry	Kirsuber
Coconut	Kókoshneta
Fig	Mynd
Grape	Vínber
Guava	Guava
Kiwi	Kíví
Lemon	Sítrónu
Mango	Mangó
Melon	Melóna
Nectarine	Nectarine
Papaya	Papaya
Peach	Ferskja
Pear	Pera
Pineapple	Ananas
Raspberry	Hindberjum

Garden
Garðinum

Bench	Bekkur
Bush	Bush
Fence	Girðing
Flower	Blóm
Garage	Bílskúr
Garden	Garður
Grass	Gras
Hammock	Hengirúm
Hose	Slönguna
Lawn	Grasflöt
Orchard	Aldingarður
Pond	Tjörn
Rake	Hrífa
Rocks	Steinar
Shovel	Moka
Terrace	Verönd
Trampoline	Trampólín
Tree	Tré
Vine	Vínviður
Weeds	Illgresi

Gardening
Garðyrkja

Blossom	Blómstra
Botanical	Botanical
Bouquet	Vönd
Climate	Veðurfar
Compost	Molta
Container	Ílát
Dirt	Óhreinindi
Edible	Ætur
Exotic	Framandi
Floral	Blóma
Foliage	Sm
Hose	Slönguna
Leaf	Lauf
Moisture	Raki
Orchard	Aldingarður
Seasonal	Opin
Seeds	Fræ
Soil	Jarðvegur
Species	Tegund
Water	Vatn

Geography
Landafræði

Altitude	Hæð
Atlas	Atlas
City	Borg
Continent	Álfunni
Country	Land
Hemisphere	Jarðar
Island	Eyja
Latitude	Breidd
Map	Kort
Meridian	Meridian
Mountain	Fjall
North	Norður
Ocean	Haf
Region	Svæði
River	River
Sea	Sjó
South	Suður
Territory	Yfirráðasvæði
West	Vestur
World	Heimur

Geology
Jarðfræði

Acid	Sýra
Calcium	Kalsíum
Cavern	Helli
Continent	Álfunni
Coral	Kórall
Crystals	Kristallar
Cycles	Hringrás
Earthquake	Jarðskjálfti
Erosion	Rof
Geyser	Goshver
Lava	Hraun
Layer	Lag
Minerals	Steinefni
Plateau	Hálendi
Quartz	Kvars
Salt	Salt
Stalactite	Stalactite
Stalagmites	Stalagmites
Stone	Steinn
Volcano	Eldfjall

Geometry
Rúmfræði

Angle	Horn
Calculation	Útreikning
Circle	Hring
Curve	Ferill
Diameter	Þvermál
Dimension	Vídd
Equation	Jafna
Height	Hæð
Horizontal	Lárétt
Logic	Rökfræði
Mass	Messi
Median	Miðgildi
Number	Númer
Parallel	Samhliða
Proportion	Hlutfall
Segment	Hluti
Surface	Yfirborð
Symmetry	Samhverfu
Theory	Kenning
Triangle	Þríhyrningur

Government
Ríkisstjórn

Civil	Borgaraleg
Constitution	Stjórnarskrá
Democracy	Lýðræði
Discussion	Umræða
District	Umdæmi
Equality	Jafnrétti
Independence	Sjálfstæði
Judicial	Dóms
Justice	Réttlæti
Law	Lög
Leader	Leiðtogi
Legal	Löglegur
Liberty	Frelsi
Monument	Minnismerki
Nation	Þjóð
Peaceful	Friðsælt
Politics	Stjórnmál
Speech	Ræðu
State	Ríki
Symbol	Tákn

Hair Types
Hárið Tegundir

Bald	Sköllóttur
Black	Svart
Blond	Ljóshærður
Braided	Fléttum
Braids	Fléttur
Brown	Brúnt
Colored	Litað
Curls	Krulla
Curly	Hrokkið
Dry	Þurr
Gray	Grár
Healthy	Heilbrigður
Long	Langt
Shiny	Glansandi
Short	Stutt
Silver	Silfur
Soft	Mjúkur
Thick	Þykkur
Thin	Þunnur
White	Hvítur

Health and Wellness #1
Heilsufar og Vellíðan #1

Active	Virkur
Bacteria	Bakteríur
Bones	Bein
Doctor	Læknir
Fracture	Beinbrot
Habit	Venja
Height	Hæð
Hormones	Hormón
Hunger	Hungur
Injury	Meiðslum
Medicine	Lyf
Muscles	Vöðva
Nerves	Taugar
Pharmacy	Apótek
Reflex	Viðbragð
Relaxation	Slökun
Skin	Húð
Supplements	Fæðubótarefni
Treatment	Meðferð
Virus	Veira

Health and Wellness #2
Heilsufar og Vellíðan #2

Allergy	Ofnæmi
Anatomy	Líffærafræði
Appetite	Matarlyst
Blood	Blóð
Calorie	Kaloría
Dehydration	Ofþornun
Diet	Mataræði
Disease	Sjúkdómur
Energy	Orka
Genetics	Erfðafræði
Healthy	Heilbrigður
Hospital	Sjúkrahús
Hygiene	Hreinlæti
Infection	Smitun
Massage	Nudd
Nutrition	Næring
Recovery	Bata
Stress	Streitu
Vitamin	Vítamín
Weight	Þyngd

Herbalism
Grasalækningar

Aromatic	Ilmandi
Basil	Basil
Beneficial	Gagnleg
Culinary	Matreiðslu
Fennel	Fennel
Flavor	Bragð
Flower	Blóm
Garden	Garður
Garlic	Hvítlaukur
Green	Grænt
Ingredient	Efni
Lavender	Lofnarblóm
Marjoram	Marjoram
Mint	Myntu
Oregano	Oregano
Parsley	Steinselja
Plant	Planta
Rosemary	Rósmarín
Saffron	Saffran
Tarragon	Estragon

Hiking
Gönguferðir

Animals	Dýr
Boots	Stígvél
Camping	Útjæða
Cliff	Bjarg
Climate	Veðurfar
Guides	Leiðsögumenn
Heavy	Þungt
Map	Kort
Mosquitoes	Moskítóflugur
Mountain	Fjall
Nature	Náttúran
Orientation	Stefnumörkun
Parks	Garður
Preparation	Undirbúningur
Stones	Steinar
Summit	Fundinum
Sun	Sól
Tired	Þreyttur
Water	Vatn
Wild	Villt

House
Húsið

Attic	Háaloftinu
Broom	Kústur
Curtains	Gluggatjöld
Door	Hurð
Fence	Girðing
Fireplace	Arinn
Floor	Hæð
Furniture	Húsgögn
Garage	Bílskúr
Garden	Garður
Keys	Lykla
Kitchen	Eldhús
Lamp	Lampi
Library	Bókasafn
Mirror	Spegill
Roof	Þak
Room	Herbergi
Shower	Sturtu
Wall	Vegg
Window	Gluggi

Human Body
Mannslíkaminn

Ankle	Ökkla
Blood	Blóð
Bones	Bein
Brain	Heili
Chin	Höku
Ear	Eyra
Elbow	Olnboga
Face	Andlit
Finger	Fingur
Hand	Hönd
Head	Höfuð
Heart	Hjarta
Jaw	Kjálka
Knee	Hné
Leg	Fótur
Mouth	Munnur
Neck	Háls
Nose	Nef
Shoulder	Öxl
Skin	Húð

Insects
Skordýr

Ant	Maur
Aphid	Plöntulús
Bee	Bí
Beetle	Bjalla
Butterfly	Fiðrildi
Cicada	Cicada
Cockroach	Kakkalakki
Dragonfly	Dragonfly
Flea	Fló
Grasshopper	Graskúla
Hornet	Hornet
Ladybug	Frípur
Larva	Lirva
Locust	Engisprettur
Mantis	Mantis
Mosquito	Fluga
Moth	Möl
Termite	Termite
Wasp	Geitungur
Worm	Ormur

Jazz
Djass

Album	Plötu
Applause	Lófaklapp
Artist	Listamaður
Composer	Tónskáld
Composition	Samsetning
Concert	Tónleikar
Drums	Trommur
Emphasis	Áhersla
Famous	Frægur
Favorites	Eftirlæti
Improvisation	Spuni
Music	Tónlist
New	Nýtt
Old	Gamall
Orchestra	Hljómsveit
Rhythm	Taktur
Song	Lag
Style	Stíl
Talent	Hæfileiki
Technique	Tækni

Kitchen
Eldhús

Apron	Svuntu
Bowl	Skál
Chopsticks	Pinnar
Cups	Bolla
Food	Matur
Forks	Forks
Freezer	Frysti
Grill	Grill
Jar	Krukku
Jug	Könnu
Kettle	Ketill
Knives	Hnífa
Napkin	Servíetta
Oven	Ofn
Recipe	Uppskrift
Refrigerator	Ísskápur
Spices	Krydd
Sponge	Svampur
Spoons	Skeiðar
To Eat	Að Borða

Landscapes
Landslag

Beach	Fjara
Cave	Helli
Desert	Eyðimörk
Geyser	Goshver
Glacier	Jökull
Hill	Hæð
Iceberg	Ísberg
Island	Eyja
Lake	Stöðuvatn
Mountain	Fjall
Oasis	Vin
Ocean	Haf
Peninsula	Skagi
River	River
Sea	Sjó
Swamp	Mýri
Tundra	Tundra
Valley	Dalur
Volcano	Eldfjall
Waterfall	Foss

Literature
Bókmenntir

Analogy	Líkingar
Analysis	Greining
Anecdote	E.
Author	Höfundur
Biography	Ævisaga
Comparison	Samanburður
Conclusion	Niðurstaða
Description	Lýsing
Dialogue	Umræðu
Fiction	Skáldskapur
Metaphor	Myndlíking
Narrator	Sögumaður
Novel	Skáldsaga
Poem	Ljóð
Poetic	Ljóðræn
Rhyme	Rím
Rhythm	Taktur
Style	Stíl
Theme	Þema
Tragedy	Harmleikur

Mammals
Spendýr

Bear	Björn
Beaver	Beaver
Bull	Naut
Cat	Köttur
Coyote	Sléttuúlfur
Dog	Hundur
Dolphin	Höfrungur
Elephant	Fíl
Fox	Refur
Giraffe	Gíraffi
Gorilla	Górilla
Horse	Hestur
Kangaroo	Kengúra
Lion	Ljón
Monkey	Api
Rabbit	Kanína
Sheep	Kind
Whale	Hvalur
Wolf	Úlfur
Zebra	Zebra

Math
Stærðfræði

Angles	Horn
Arithmetic	Tölur
Circumference	Ummál
Decimal	Aukastaf
Diameter	Þvermál
Division	Deild
Equation	Jafna
Exponent	Veldisvísir
Fraction	Brot
Geometry	Rúmfræði
Parallel	Samhliða
Parallelogram	Hjálíðalogram
Perimeter	Jaðar
Polygon	Marghyrning
Radius	Radíus
Rectangle	Rétthyrningur
Square	Ferningur
Symmetry	Samhverfu
Triangle	Þríhyrningur
Volume	Bindi

Measurements
Mælingar

Byte	Bæti
Centimeter	Sentimetr
Decimal	Aukastaf
Degree	Gráða
Depth	Dýpt
Gram	Gramm
Height	Hæð
Inch	Tommu
Kilogram	Kíló
Kilometer	Kílómetra
Length	Lengd
Liter	Lítri
Mass	Messi
Meter	Mælir
Minute	Mínúta
Ounce	Únsa
Ton	Tonn
Volume	Bindi
Weight	Þyngd
Width	Breidd

Meditation
Hugleiðsla

Acceptance	Samþykki
Awake	Vakandi
Breathing	Öndun
Calm	Logn
Clarity	Skýrleiki
Compassion	Samúð
Emotions	Tilfinningar
Gratitude	Þakklæti
Habits	Venja
Kindness	Góðvild
Mental	Andlegt
Mind	Huga
Movement	Samtök
Music	Tónlist
Nature	Náttúran
Peace	Friður
Perspective	Sjónarhorni
Silence	Þögn
Thoughts	Hugsanir
To Learn	Að Læra

Musical Instruments
Hljóðfæri

Banjo	Banjó
Bassoon	Fagott
Cello	Selló
Clarinet	Klarinett
Drum	Tromma
Flute	Flautu
Gong	Gong
Guitar	Gítar
Harmonica	Munnhörpu
Harp	Harpa
Mandolin	Mandólín
Marimba	Marimba
Oboe	Óbó
Percussion	Slagverk
Piano	Píanó
Saxophone	Saxófón
Tambourine	Bumbur
Trombone	Básúna
Trumpet	Trompet
Violin	Fiðlu

Mythology
Goðafræði

Archetype	Arketype
Behavior	Hegðun
Beliefs	Viðhorf
Creation	Sköpun
Creature	Skepna
Culture	Menning
Disaster	Hörmung
Heaven	Himnaríki
Hero	Hetja
Immortality	Ódauðleika
Jealousy	Öfund
Labyrinth	Völundarhús
Legend	Þjóðsaga
Lightning	Elding
Monster	Skrímsli
Mortal	Dauðleg
Revenge	Hefnd
Strength	Styrkur
Thunder	Þrumur
Warrior	Stríðsmaður

Nature
Náttúran

Animals	Dýr
Arctic	Arktískur
Beauty	Fegurð
Bees	Býflugur
Cliffs	Klettar
Clouds	Ský
Desert	Eyðimörk
Dynamic	Kvik
Erosion	Rof
Fog	Þoka
Foliage	Sm
Forest	Skógur
Glacier	Jökull
Peaceful	Friðsælt
River	River
Sanctuary	Helgidómur
Serene	Serene
Tropical	Tropical
Vital	Líflegt
Wild	Villt

Numbers
Tölur

Decimal	Aukastaf
Eight	Átta
Eighteen	Átján
Fifteen	Fimmtán
Five	Fimm
Four	Fjórir
Fourteen	Fjórtán
Nine	Níu
Nineteen	Nítján
One	Einn
Seven	Sjö
Seventeen	Sautján
Six	Sex
Sixteen	Sextán
Ten	Tíu
Thirteen	Þrettán
Three	Þrír
Twelve	Tólf
Twenty	Tuttugu
Two	Tveir

Nutrition
Næringu

Appetite	Matarlyst
Balanced	Rólegur
Bitter	Bitur
Calories	Hitaeiningar
Carbohydrates	Kolvetni
Diet	Mataræði
Digestion	Melting
Edible	Ætur
Fermentation	Gerjun
Flavor	Bragð
Habits	Venja
Health	Heilsa
Healthy	Heilbrigður
Nutrient	Næringarefni
Proteins	Prótein
Quality	Gæði
Sauce	Sósa
Toxin	Eiturefni
Vitamin	Vítamín
Weight	Þyngd

Ocean
Haf

Algae	Þörunga
Coral	Kórall
Crab	Krabbi
Dolphin	Höfrungur
Eel	Áll
Fish	Fiskur
Jellyfish	Marglytta
Octopus	Kolkrabbi
Oyster	Ostra
Reef	Rif
Salt	Salt
Seaweed	Þang
Shark	Hákarl
Shrimp	Rækja
Sponge	Svampur
Storm	Stormur
Tides	Sjávarföll
Tuna	Túnfiskur
Turtle	Skjaldbaka
Whale	Hvalur

Pets
Gæludýr

Cat	Köttur
Claws	Klær
Collar	Kraga
Cow	Kýr
Dog	Hundur
Fish	Fiskur
Food	Matur
Goat	Geit
Hamster	Hamstur
Kitten	Kettlingur
Leash	Taumur
Lizard	Eðla
Mouse	Mús
Parrot	Páfagaukur
Puppy	Hvolpur
Rabbit	Kanína
Tail	Hali
Turtle	Skjaldbaka
Veterinarian	Dýralæknir
Water	Vatn

Philanthropy
Góðgerðarstarfsemi

Challenges	Áskoranir
Children	Börn
Community	Samfélag
Contacts	Tengiliði
Donate	Gefa
Finance	Fjármál
Funds	Fé
Generosity	Örlæti
Global	Alþjóðlegt
Goals	Markmið
Groups	Hópa
History	Saga
Honesty	Heiðarleiki
Humanity	Mannkynið
Mission	Verkefni
Need	Þörf
People	Fólk
Programs	Forrit
Public	Opinber
Youth	Æsku

Photography
Ljósmyndun

Black	Svart
Camera	Myndavél
Color	Litur
Composition	Samsetning
Contrast	Andstæða
Darkness	Myrkur
Definition	Skilgreining
Exhibition	Sýning
Format	Snið
Frame	Rammi
Lighting	Lýsing
Object	Mótmæla
Perspective	Sjónarhorni
Portrait	Andlitsmynd
Shadows	Skuggar
Soften	Mýkja
Subject	Efni
Texture	Áferð
View	Útsýni
Visual	Sjónræn

Physics
Eðlisfræði

Acceleration	Hröðun
Atom	Atóm
Chaos	Roða
Chemical	Efni
Density	Þéttleiki
Electron	Rafeind
Engine	Vél
Formula	Formúla
Frequency	Tíðni
Gas	Gas
Magnetism	Segulmagn
Mass	Messi
Mechanics	Vélfræði
Molecule	Sameind
Nuclear	Kjarnorku
Particle	Ögn
Relativity	Afstæði
Speed	Hraði
Universal	Alhliða
Velocity	Hraða

Plants
Plöntur

Bamboo	Bambus
Bean	Baun
Berry	Ber
Botany	Grasafræði
Bush	Bush
Cactus	Kaktus
Fertilizer	Áburður
Flora	Flora
Flower	Blóm
Foliage	Sm
Forest	Skógur
Garden	Garður
Grass	Gras
Ivy	Ivy
Moss	Moss
Petal	Krónublað
Root	Rót
Stem	Stilkur
Tree	Tré
Vegetation	Gróður

Professions #1
Störfum #1

Ambassador	Sendiherra
Artist	Listamaður
Athlete	Íþróttamaður
Attorney	Lögmaður
Banker	Bankastjóri
Coach	Þjálfari
Dancer	Dansari
Doctor	Læknir
Editor	Ritstjóri
Geologist	Jarðfræðingur
Hunter	Veiðimaður
Jeweler	Skartgripir
Lawyer	Lögfræðingur
Mechanic	Vélvirki
Pianist	Píanóleikari
Psychologist	Sálfræðingur
Sailor	Sjómaður
Scientist	Vísindamaður
Tailor	Klæðskeri
Veterinarian	Dýralæknir

Professions #2
Störfum #2

Astronaut	Geimfari
Biologist	Líffræðingur
Chemist	Efnafræðingur
Dentist	Tannlækni
Detective	Einkaspæjara
Engineer	Verkfræðingur
Farmer	Bóndi
Illustrator	Teiknari
Investigator	Rannsakanda
Journalist	Blaðamaður
Painter	Málari
Philosopher	Heimspekingur
Photographer	Ljósmyndari
Physician	Lækni
Pilot	Flugmaður
Professor	Prófessor
Researcher	Rannsóknir
Surgeon	Skurðlæknir
Teacher	Kennari
Zoologist	Dýrafræðingur

Psychology
Sálfræði

Assessment	Mat
Behavior	Hegðun
Childhood	Barnæska
Clinical	Klínísk
Cognition	Vitsmuni
Conflict	Átök
Dreams	Draumar
Ego	Egó
Emotions	Tilfinningar
Experiences	Reynslu
Ideas	Hugmyndir
Influences	Áhrif
Memories	Minningar
Perception	Skynjun
Personality	Persónuleiki
Problem	Vandamál
Reality	Veruleiki
Sensation	Æsifregn
Therapy	Meðferð
Thoughts	Hugsanir

Rainforest
Regnskógur

Amphibians	Froskdýr
Birds	Fuglar
Botanical	Botanical
Climate	Veðurfar
Clouds	Ský
Community	Samfélag
Diversity	Fjölbreytni
Indigenous	Frumbyggja
Insects	Skordýr
Jungle	Frumskógur
Mammals	Spendýr
Moss	Moss
Nature	Náttúran
Preservation	Varðveislu
Refuge	Athvarf
Respect	Virðing
Restoration	Endurreisn
Species	Tegund
Survival	Lifun
Valuable	Dýrmætur

Restaurant #2
Veitingastaður #2

Beverage	Drykkur
Cake	Kaka
Chair	Stól
Delicious	Ljúffengur
Dinner	Kvöldmatur
Eggs	Egg
Fish	Fiskur
Fork	Gaffal
Fruit	Ávöxtur
Ice	Ís
Lunch	Hádegisverður
Noodles	Núðlur
Salad	Salat
Salt	Salt
Soup	Súpa
Spices	Krydd
Spoon	Skeið
Vegetables	Grænmeti
Waiter	Þjónn
Water	Vatn

Science Fiction
Vísindaskáldskapur

Atomic	Lotukerfinu
Books	Bækur
Chemicals	Efni
Cinema	Kvikmyndahús
Clones	Klón
Dystopia	Dystópía
Explosion	Sprenging
Extreme	Extreme
Fantastic	Frábær
Fire	Eldur
Galaxy	Galaxy
Illusion	Blekking
Imaginary	Ímyndað
Mysterious	Dularfullur
Oracle	Véfrétt
Planet	Reikistjarna
Robots	Vélmenni
Technology	Tækni
Utopia	Útópía
World	Heimur

Scientific Disciplines
Vísindalegum Greinum

Anatomy	Líffærafræði
Astronomy	Stjörnufræði
Biochemistry	Lífefnafræði
Biology	Líffræði
Botany	Grasafræði
Chemistry	Efnafræði
Ecology	Vistfræði
Geology	Jarðfræði
Immunology	Ónæmisfræði
Kinesiology	Hreyfifræði
Linguistics	Málvísindi
Mechanics	Vélfræði
Meteorology	Veðurfræði
Mineralogy	Steindafræði
Neurology	Taugafræði
Physiology	Lífeðlisfræði
Psychology	Sálfræði
Sociology	Félagsfræði
Thermodynamics	Varmafræði
Zoology	Dýrafræði

Shapes
Form

Arc	Arc
Circle	Hring
Cone	Keila
Corner	Horn
Cube	Teningur
Curve	Ferill
Cylinder	Strokka
Edges	Brúnir
Ellipse	Sporbaug
Hyperbola	Hyperbola
Line	Lína
Oval	Sporöskjulaga
Polygon	Marghyrning
Prism	Prism
Pyramid	Pýramída
Rectangle	Rétthyrningur
Side	Hlið
Sphere	Kúla
Square	Ferningur
Triangle	Þríhyrningur

Spices
Krydd

Anise	Anís
Bitter	Bitur
Cardamom	Kardemommu
Cinnamon	Kanil
Clove	Negull
Coriander	Kóríander
Cumin	Kúmen
Curry	Karrý
Fennel	Fennel
Flavor	Bragð
Garlic	Hvítlaukur
Ginger	Engifer
Licorice	Lakkrís
Nutmeg	Múskat
Onion	Laukur
Paprika	Paprika
Saffron	Saffran
Salt	Salt
Sweet	Sætur
Vanilla	Vanillu

Sport
Íþrótt

Ability	Getu
Athlete	Íþróttamaður
Body	Líkami
Bones	Bein
Cardiovascular	Hjarta
Coach	Þjálfari
Cycling	Hjóla
Dancing	Dansa
Diet	Mataræði
Endurance	Þrek
Health	Heilsa
Jogging	Skokk
Maximize	Hámarka
Metabolic	Efnaskipti
Muscles	Vöðva
Nutrition	Næring
Program	Forrit
Sports	Íþróttir
Strength	Styrkur
To Swim	Að Synda

The Company
Fyrirtækið

Business	Viðskipti
Creative	Skapandi
Decision	Ákvörðun
Employment	Atvinna
Global	Alþjóðlegt
Industry	Iðnaður
Innovative	Nýjar
Investment	Fjárfesting
Possibility	Möguleika
Presentation	Kynning
Product	Vöru
Professional	Faglegur
Progress	Framfarir
Quality	Gæði
Reputation	Orðspor
Resources	Auðlindir
Revenue	Tekjur
Risks	Áhætta
Trends	Þróun
Units	Einingar

The Media
Fjölmiðlarnir

Advertisements	Auglýsingar
Attitudes	Viðhorf
Commercial	Auglýsing
Communication	Samskipti
Digital	Stafræn
Edition	Útgáfa
Education	Menntun
Facts	Staðreyndir
Funding	Fjármögnun
Individual	Einstaklingur
Industry	Iðnaður
Intellectual	Vitsmunalegum
Local	Staðbær
Magazines	Tímarit
Network	Net
Newspapers	Dagblöð
Online	Á Netinu
Opinion	Álit
Public	Opinber
Radio	Útvarp

Time
Tíminn

Annual	Árlega
Before	Áður
Calendar	Dagatal
Century	Öld
Clock	Klukka
Day	Dagur
Decade	Áratugur
Early	Snemma
Future	Framtíð
Hour	Klukkustund
Minute	Mínúta
Month	Mánuður
Morning	Morgunn
Night	Nótt
Noon	Hádegi
Now	Núna
Soon	Bráðum
Today	Í Dag
Week	Vika
Year	Ár

Town
Bærinn

Airport	Flugvöllur
Bakery	Bakarí
Bank	Banki
Bookstore	Bókabúð
Cafe	Kaffihús
Cinema	Kvikmyndahús
Florist	Blómabúð
Gallery	Gallerí
Hotel	Hótel
Library	Bókasafn
Market	Markaður
Museum	Safn
Pharmacy	Apótek
School	Skóli
Stadium	Völlinn
Store	Verslun
Supermarket	Matvörubúð
Theater	Leikhús
University	Háskóli
Zoo	Dýragarður

Universe
Alheimurinn

Asteroid	Smástirni
Astronomy	Stjörnufræði
Atmosphere	Stjórnmál
Celestial	Himneti
Cosmic	Cosmic
Darkness	Myrkur
Eon	Eon
Equator	Miðbaugur
Galaxy	Galaxy
Hemisphere	Jarðar
Latitude	Breidd
Longitude	Lengdargráðu
Moon	Tungl
Orbit	Sporbraut
Sky	Himinn
Solar	Sól
Solstice	Sólstöður
Telescope	Sjónauki
Visible	Sýnlegt
Zodiac	Dýrir

Vacation #2
Frí #2

Airport	Flugvöllur
Beach	Fjara
Camping	Útjæða
Destination	Áfangastaður
Foreign	Erlendum
Foreigner	Útlendingur
Holiday	Frí
Hotel	Hótel
Island	Eyja
Journey	Ferð
Leisure	Tímist
Map	Kort
Mountains	Fjöll
Passport	Vegabréf
Photos	Myndir
Sea	Sjó
Taxi	Taxi
Tent	Tjald
Train	Lest
Transportation	Samgöngur

Vegetables
Grænmeti

Artichoke	Artihoke
Broccoli	Spergilkál
Carrot	Gulrót
Cauliflower	Blómkál
Celery	Sellerí
Cucumber	Gúrku
Eggplant	Eggaldin
Garlic	Hvítlaukur
Ginger	Engifer
Mushroom	Sveppir
Onion	Laukur
Parsley	Steinselja
Pea	Pea
Pumpkin	Grasker
Radish	Ræðja
Salad	Salat
Shallot	Skalottlaukur
Spinach	Spínat
Tomato	Tómat
Turnip	Næpa

Vehicles
Ökutæki

Airplane	Flugvél
Ambulance	Sjúkrabíll
Bicycle	Reiðhjól
Boat	Bátur
Bus	Rútu
Car	Bíll
Caravan	Hjólhýsi
Engine	Vél
Ferry	Ferja
Helicopter	Þyrla
Motor	Mótor
Raft	Fleki
Rocket	Eldflaug
Scooter	Vespu
Shuttle	Skutla
Submarine	Kafbátur
Taxi	Taxi
Tires	Dekk
Tractor	Dráttarvél
Truck	Vörubíll

Virtues #1
Dyggðir #1

Artistic	Listrænn
Charming	Heillandi
Clean	Hreint
Confident	Öruggur
Curious	Forvitinn
Decisive	Afgerandi
Efficient	Skilvirkur
Funny	Fyndið
Generous	Örlátur
Good	Góður
Helpful	Hjálpsamur
Imaginative	Hugmyndaríkur
Independent	Óháður
Intelligent	Greindur
Modest	Hógvær
Passionate	Ástríðufullur
Patient	Sjúklingur
Practical	Hagnýt
Reliable	Árauðast
Wise	Vitur

Congratulations

You made it!

We hope you enjoyed this book as much as we enjoyed making it. We do our best to make high quality games.
These puzzles are designed in a clever way for you to learn actively while having fun!

Did you love them?

A Simple Request

Our books exist thanks your reviews. Could you help us by leaving one now?

Here is a short link which will take you to your order review page:

BestBooksActivity.com/Review50

MONSTER CHALLENGE!

Challenge #1

Ready for Your Bonus Game? We use them all the time but they are not so easy to find. Here are **Synonyms**!

Note 5 words you discovered in each of the Puzzles noted below (#21, #36, #76) and try to find 2 synonyms for each word.

Note 5 Words from *Puzzle 21*

Words	Synonym 1	Synonym 2

Note 5 Words from *Puzzle 36*

Words	Synonym 1	Synonym 2

Note 5 Words from *Puzzle 76*

Words	Synonym 1	Synonym 2

Challenge #2

Now that you are warmed-up, note 5 words you discovered in each Puzzle noted below (#9, #17, #25) and try to find 2 antonyms for each word. How many lines can you do in 20 minutes?

Note 5 Words from **Puzzle 9**

Words	Antonym 1	Antonym 2

Note 5 Words from **Puzzle 17**

Words	Antonym 1	Antonym 2

Note 5 Words from **Puzzle 25**

Words	Antonym 1	Antonym 2

Challenge #3

Wonderful, this monster challenge is nothing to you!

Ready for the last one? Choose your 10 favorite words discovered in any of the Puzzles and note them below.

1.	6.
2.	7.
3.	8.
4.	9.
5.	10.

Now, using these words and within a maximum of six sentences, your challenge is to compose a text about a person, animal or place that you love!

Tip: You can use the last blank page of this book as a draft!

Your Writing:

Explore a Unique Store
Set Up **FOR YOU!**

MEGA DEALS

BestActivityBooks.com/**TheStore**

Designed for Entertainment!

Light Up Your Brain With Unique **Gift Ideas**.

Access **Surprising** And **Essential Supplies!**

CHECK OUT OUR MONTHLY SELECTION NOW!

- Expertly Crafted Products -

NOTEBOOK:

SEE YOU SOON!

Linguas Classics Team

Made in the USA
Monee, IL
21 May 2022